शहीद
मदनलाल ढींगरा

शहीद
मदन लाल ढींगरा

पं सत्यनरायण शर्मा

नीलकंठ प्रकाशन
नई दिल्ली -110002

प्रकाशक : नीलकंठ प्रकाशन
पता : 4760-61, 23, अंसारी रोड
दरियागंज, नई दिल्ली -110002
फ़ोन: 9810675061
व्हाट्सएप नंबर: +91 9810675061

ईमेल: neelkanthprakashan47@gmail.com

shaheed Madanlal Dhingra
Pandit Satynarayan Sharma

ISBN: 978-93-6874-981-3

प्रथम संस्करण : 2025

समर्पण

स्वर्गीया परदादी चिप्पी देवी

तथा

स्वर्गीय परबाबा पं. वीरभान शर्मा (पटवारी जी)

की पुण्य स्मृति को

—पं. सत्यनारायण शर्मा

मेरा कौना....

भारत सन् 1947 की, 15 अगस्त को स्वतंत्र हुआ। अंग्रेज भारत से जाते-जाते, भारत को दो भागों में विभक्त करके चले गये। एक हिस्सा बना पाकिस्तान तथा दूसरा भारत। परन्तु इस देश की स्वतंत्रता के लिए सम्पूर्ण भारत एकजुट होकर अंग्रेजों से लड़ा था।

कुछ ऐसे भी परिवार थे जो अंग्रेजों के भक्त थे तथा सत्ता का लाभ उठाकर पद, प्रतिष्ठा तथा लक्ष्मी का उपभोग कर रहे थे। ये परिवार अंग्रेजों की चाटुकारिता में लगे थे और अंग्रेजों के साम्राज्य को स्थाईयता प्रदान करके अपने को गौरान्वित महसूस करते थे। परन्तु उनकी अगली पीढ़ी अंग्रेजी राज्य से घृणा करती थी और देश को स्वतंत्र कराने के लिए अपने प्राणों का बलिदान देने में भी नहीं हिचकी।

ऐसा ही एक परिवार राय साहब डॉ. दित्तामल का था। उनके सात बेटे तथा एक बेटी थे। छह बेटे पिता की भांति अंग्रेजों की चाटुकारिता में संलग्न थे परन्तु छठे नम्बर का सातवां बेटा मदनलाल ढींगरा, समस्त परिवार से विलग था। पिता डॉ. दित्तामल उसके भविष्य के लिए चिन्तित थे। उसे उच्च शिक्षा प्राप्त करने के लिए इंग्लैंड भेजा गया। परन्तु मदनलाल ढींगरा में अंग्रेजों के प्रति स्वामी भक्ति पैदा नहीं हुई बल्कि उसमें राष्ट्रवाद ने जन्म ले लिया। इसी कारण उसने राष्ट्रवादी युवकों के संसर्ग के कारण इंग्लैंड में 1 जुलाई सन् 1909 को सर कर्जन वायली की हत्या कर दी, परिणाम स्वरूप उसे फांसी की सजा हुई तथा 17 अगस्त 1909 को उसे लन्दन में फांसी के तख्ते पर लटका दिया गया। वह प्रथम भारतीय प्रवासी थे जिन्होंने स्वतंत्रता के यज्ञ में प्रथम आहुति दी।

राष्ट्रवादी प्रस्तुत पुस्तक शहीद मदनलाल ढींगरा के जीवन तथा विचार धारा से सम्बन्धित है जो भारत को स्वतंत्र करना चाहती थी।

इस पुस्तक के लेखन में मेरी दोनों बेटियों सौभाग्यवती सुरभि प्रियदर्शनी तथा सौभाग्यवती सोनाली शर्मा ने अत्याधिक सहयोग दिया है उन्हें आशीर्वाद। नवासें 'गौरांश शर्मा' की बौद्धिकता युक्त बातें मुझे उत्साहित करतीं हैं उसे आशीर्वाद तथा नवासें 'अभिषेक शर्मा' को ढेर सारा प्यार।

जीवन संगनि रंजन शर्मा मुझे क्रान्तिकारियों पर शोधकार्य करने के लिए प्रेरित करती है। हृदय से उसे धन्यवाद क्योंकि उसकी प्रेरणा के बिना इस पुस्तक का जन्म संभव ही नहीं था।

प्रकाशन के व्यवस्थापक श्री पंकज गुप्ता जी का आभारी हूं जिन्होंने मुझे इस विषय पर पुस्तक लिखने का सुझाव दिया और इतने सुन्दर कवर में इस पुस्तक को प्रस्तुत किया है।

—पं सत्यनारायण शर्मा

6 जनवरी, 2019

सम्पर्क सूत्र :
2 सी-187, नेहरू नगर
गाजियाबाद-201001 (उ.प्र.)
फोन : 0120-2792742
मो. : 09811057257

अनुक्रम

माता को नज़र करते हैं...

दिल फिदा करते हैं, कुर्बान जिगर करते हैं,
पास जो कुछ है, माता को नज़र करते हैं
खाना-ए-वीरान कहाँ, देखिए, घर करते हैं,
जाकर आबाद करेंगे किसी वीराने को।
खुश रहो अहले-वतन, हम तो सफर करते हैं,

हम भी आराम उठा सकते थे घर पर रहकर,
हमको भी पाला था माँ-बाप ने दुख सह-सहकर,
वक्त-ए-रुख़सत उन्हें इतना भी न आए कहकर,
गोद में आश्क जो टपके रुख से बहकर,
तिफ्ल उनको ही समझ लेना जी बहलाने को।
नौजवानों, जो तबीयत में तुम्हारी खटके,

याद कर लेना कभी हमको भी भूले-भटके,
आपके अजबे-वतन होवें जुदा कट-कट के,
और सद चाक हो, माता का कलेजा फट के,
पर न माथे पे शिकन, आए कसम खाने को।

अपना कुछ गम नहीं लेकिन यह ख़याल आता है,
मादरे हिंद पर कब से यह जवाल आता है,
देशी आज़ादी का कब हिंद में साल आता है,
क़ौम अपनी पे रह-रह के मलाल आता है,
मुंतजिर रहते हैं हम खाक में मिल जाने को।

दर्दमंदों से मुसीबत की हलावत पूछो,
मरने वालों से जरा लुत्फे-शहादत पूछो,
चश्म-ए-मुश्ताक से कुछ दीद की हसरत पूछो,
सोज़ कहते हैं किसे, पूछो तो परवाने को।

(शहीद राम प्रसाद 'बिस्मिल' की लम्बी नज्म की कुछ पंक्तियाँ)

शहीद मदनलाल ढींगरा

1

समकालीन इतिहास

लोकमान्य बाल गंगाधर तिलक
"स्वराज्य मेरा जन्मसिद्ध अधिकार है।"

28 दिसम्बर, 1885 को मुम्बई में, सर ए. ओ. ह्यूम ने कांग्रेस की स्थापना की। ह्यूम एक उदारवादी ईसाई थे और वह सरकारी अधिकारी के रूप में, कार्य से निवृत्त हो चुके थे। उनके मन में भी लार्ड मैकाले की भांति यही भावना कार्य कर रही थी कि जाहिल हिन्दुस्तानियों को किसी प्रकार यूरोपियन आचार-विचार और व्यवहार सिखाया जाये। भारतीय राष्ट्रीय-कांग्रेस का प्रथम अधिवेशन, 28 दिसम्बर, 1885 को ग्वालिया टैंक स्थित गोकुल दास तेजपाल संस्कृत कालेज, मुम्बई में श्री 'ब्योमेश चन्द्र बनर्जी' की अध्यक्षता में सम्पन्न हुआ। इसमें कांग्रेस के 72 प्रतिनिधियों ने भाग लिया था।

ह्यूम ने कांग्रेस की स्थापना की थी भारतीय समाज में आचार-विचार और व्यवहार में सुधार करने के लिए, परन्तु वे अपने इस आन्दोलन को कांग्रेस के माध्मम से अंग्रेज़ी पढ़े-लिखे लोगों के हाथों में नेतृत्व सौंपना चाहते थे जो यूरोप से शिक्षा पाये हुए हो।

सरकारी नौकरी से रिटायर होने के बाद ह्यूम इंग्लैंड चले गये और वहीं उन्होंने अपनी योजना की रूपरेखा तैयारी की। उन्होंने अपनी योजना तत्कालीन 'सेक्रेटरी आफ स्टेट' के समक्ष रखी और उनका आशीर्वाद लेकर इंग्लैंड से भारत लौटे!

भारत लौटने के पश्चात उन्होंने अपना 'प्लान' तत्कालीन वायसराय के समक्ष रखा जो उससे सहमत नहीं हुआ। वे (वायसराय) चाहते थे कि हिन्दुस्तान में एक राजनैतिक संस्था होनी चाहिए, जिसमें केवल अंग्रेज़ी पढ़े-लिखे नेता हों। वे इस संस्था के द्वारा हिन्दुस्तान की राजनीति उन लोगों के हाथ में देना चाहते थे जो यूरोपियनों के रहन-सहन और विचारधारा को पसन्द करते हों।

वायसराय का एक उद्देश्य यह भी था कि अंग्रेज़ी पढ़े-लिखे और यूरोप की सैर करके लौटे भारतीय, अपने विचार किसी एक मंच पर रख सकें ताकि उनके विचारों को जाना जा सके।

'कांग्रेस' की स्थापना के समय यह विशेष ध्यान रखा गया कि इसके मेम्बर (सदस्य) केवल वे ही व्यक्ति हों जो अंग्रेज़ी बोलना, लिखना व पढ़ना जानते हों।

इस प्रकार 1885 से लेकर 1907 तक 'कांग्रेस' अंग्रेज़ी शासन के चमचों का जमावाड़ा भर रही। इसमें अंग्रेज़ी शासन-भक्त ही मेम्बर थे। वे लोग अंग्रेज़ों का राज ही सदैव भारत में चाहते थे क्योंकि उन्हें अपनी निजी उन्नति का मार्ग सरकारी नौकरी प्राप्त करने में ही दिखाई देता था।

लगभग इसी समय, गुजरात की मिट्टी से एक विचारक **स्वामी दयानंद सरस्वती** (बचपन का नाम 'मूलशंकर') उभरे जिनका जन्म सन् 1824 में मोरवी रियासत के टंकारा गांव में हुआ था उन्होंने मथुरा में गुरु विरजानंद सरस्वती से ज्ञानार्जन किया, दयानंद जी संस्कृत और वेदों के ज्ञाता थे। उन्होंने 'आर्य समाज' की स्थापना 10 अप्रैल, 1875 मुम्बई में डॉ. मानिक चन्द के बगीचे में की थी।

जहाँ एक ओर कांग्रेस अंग्रेज़दां मेम्बरों (सदस्यों) का जमावाड़ा भर थी, जो अंग्रेज़ी भाषा जानते थे, बोलते थे और लिखते थे। कांग्रेस के मेम्बर अंग्रेज़ राज के भक्त और समर्थक थे और हमेशा अंग्रेज़ों के आधीन रहने में ही अपना और भारत का भविष्य उज्ज्वल समझते थे।

वहीं दूसरी ओर स्वामी दयानंदजी का 'आर्य समाज' राष्ट्र भाषा 'हिन्दी' की बात करता था, वेदों की तथा संस्कृत की पढ़ाई की बात करता था। स्वामी दयानंद 'स्वराज्य' से ही देशोन्नति मानते थे, भारतीय आचार-विचार तथा वेशभूषा को प्रोत्साहन देते थे।

1907 में, सूरत कांग्रेस में तिलक (बाल गंगाधर तिलक) समर्थकों और पुरानी प्रवृत्ति (अंग्रेज़ राज-भक्ति) वाले सर फिरोजशाह मेहता इत्यादि में संघर्ष हो गया। अंग्रेज़ राज-भक्त कांग्रेसी मंच से 'स्वराज' की मांग नहीं करना चाहते थे। तिलक स्वामी दयानंद के विचारों से प्रभावित थे अतः वे 'स्वराज्य' प्राप्ति को अपना जन्म सिद्ध अधिकार मानते थे। उनका मूल मंत्र था 'स्वराज हमारा जन्म सिद्ध अधिकार है'।

1907 के सूरत कांग्रेस के संघर्ष में अंग्रेज़ी राज-भक्तों की विजय हुई। तिलक और उनके सहयोगियों की पराजय हुई। इस अधिवेशन के बाद कांग्रेस दो भागों में विभाजित हो गई। फिरोजशाह मेहता और गोपालकृष्ण गोखले जैसे अंग्रेज़ी शासन भक्त कांग्रेसी **नरम दल** के नेता कहलाये तथा बाल गंगाधर तिलक, विपिन चन्द्र पाल, लाला लाजपत राय आदि **गरम दल** के नेता के रूप में पहचाने गये।

तब कांग्रेस ही एकमात्र राजनैतिक पार्टी थी और वह भी अंग्रेज़ी राजभक्त, क्योंकि उसका संस्थापक ही अंग्रेज (सर ए. ओ. ह्यूम) था। लेकिन भारतीय जनता आत्म-सम्मान चाहती थी, 'अपना राज' चाहती थी।

इसी कड़ी में बंगाल में, 'खुदीराम बोस और 'प्रफुल्ल चाकी' ने जज किंग्स फोर्ड' की हत्या का प्रयास बम के द्वारा करके ब्रिटिश साम्राज्य को प्रथम चुनौती दी जिसमें उन्हें अपने प्राणों का बलिदान देना पड़ा।

जैसा कि ऊपर लिखा जा चुका है कि भारत में उस समय बहुत सारे परिवार अंग्रेज़ भक्त थे और उन्हीं की छत्रछाया में, उन परिवारों ने बहुत-सी सम्पत्ति इकट्ठा की और अंग्रेज़ शासकों की ओर से पदवियाँ और नौकरियाँ प्राप्त कीं। परन्तु इन्हीं परिवारों में कुछ ऐसे व्यक्तित्व पैदा हुए जो अंग्रेज़ राजभक्ति के सांचे में नहीं ढले, वरन् भारत माता कि परतंत्रता की बेड़ियाँ काटने में नींव का पत्थर बने। उन में से एक नाम है **शहीद मदनलाल ढींगरा**। जिसका समस्त परिवार अंग्रेज़ राजभक्त था और अंग्रेज़ सरकार की छत्रछाया में परिवार ने अथाह सम्पत्ति अर्जित की थी।

इसी परिवार में एक ऐसे बालक का जन्म हुआ जिसने इंग्लैंड में जाकर सर विलियम कर्जन वायली (SIR WILLIAM CURZON WYLLIE) की गोली मारकर हत्या की, भारत माता के अपमान का बदला लिया और हँसते-हँसते इंग्लैंड की जेल में 22 वर्ष की आयु में फांसी का फन्दा चूमा।

13 अप्रैल, 1919 को अमृतसर के जलियाँवाला बाग के नृशन्स हत्या कांड को अपनी आंखों से देखने वाले 19 वर्षीय ऊधम सिंह ने, हत्या कांड के दोषी, पजांब के तत्कालीन गर्वनर सर माइकल ओ. डायर और नर संहार के

नायक ब्रिगेडियर रेजिनाल्ड ई. एच. डायर. को समाप्त करने का संकल्प किया तथा अपने जीवन के 41वें वर्ष में, तत्कालीन पंजाब के गवर्नर सर माइकल ओ. डायर की इंग्लैंड में पिस्तौल द्वारा हत्या करके जलियाँवाला बाग के शहीदों के खून का बदला लिया तथा 31 जुलाई, 1940 को इंग्लैंड में हँसते-हँसते फांसी पर झूल गया।

दोनों प्रवासी भारतीय क्रान्तिकारी (मदनलाल तथा सरदार ऊधम सिंह) ऐसे थे जिन्होंने अंग्रेज़ों की धरती इंग्लैंड में जाकर भारत माता को अपमानित करने वाले अंग्रेज़ अफसरों को गोली से भूना और इंग्लैंड में ही हँसते-हँसते फांसी का फन्दा चूमकर अपने प्राणों का बलिदान किया ताकि भारत आज़ाद हो सके और हम स्वाभिमान से स्वतंत्रतापूर्वक सिर उठाकर राष्ट्रीय गौरव महसूस कर सकें...।

2

मदनलाल ढींगरा की पारिवारिक पृष्ठभूमि

मदनलाल ढींगरा

मदनलाल ढींगरा के पूर्वज जिला सरगोधा स्थित 'साहीवाल' गांव के मूल निवासी थे। यह स्थान पश्चिमी पंजाब की सीमा में आता है। (अब यह पाकिस्तान में है) 1850 में ढींगरा परिवार 'साहीवाल' छोड़कर अमृतसर आ गया था और फिर वहीं बस गया।

'अमृतसर' पंजाब प्रदेश का एक प्रमुख शहर है। इस प्रदेश में पांच नदियाँ बहती हैं इसीलिए इस प्रदेश को पंजाब कहा जाता है। 'पंच आब' यानी पाँच नदियों का पानी।

यह प्रदेश प्राचीनकाल से ही महान सन्तों व शूर योद्धाओं को जन्म देता आया है। पंजाब के लोग अत्यंत दिलेर और बहादुर होते हैं क्योंकि भारत के इस क्षेत्र से ही विदेशी आक्रमणकारी आते रहे हैं तथा यहाँ के लोगों ने ही उन्हें वापिस धकेला है। और सीमा की रक्षा की है।

लगभग 485 वर्ष पूर्व बाबर ने भारत पर आक्रमण किया। उसे सन् 1526 में राणा सांगा ने अपने शत्रु इब्राहिम लोदी के विरुद्ध युद्ध करने के लिए आमंत्रित किया था। विजय के बाद बाबर भारत में ही रुक गया और उसने मुगल साम्राज्य स्थापित कर लिया तथा भारत में इस्लाम का प्रसार तलवार के जोर पर प्रारम्भ किया। तब तक हिन्दू धर्म की रक्षा के लिए गुरुनानक देव का अवतार हो चुका था, नानकशाही में दसवें नानक गुरु गोविन्द सिंह ने सिख धर्म की स्थापना करके औरंगजेब के क्रूर शासन से हिन्दू धर्म की रक्षा की थी। क्योंकि औरंगजेब

भी तलवार की ताकत पर हिन्दुओं को जबरन मुसलमान बना रहा था। हिन्दू धर्म की रक्षा के लिए नानकशाही के दशम गुरु सच्चे पातशाह गुरु गोविन्द सिंह जी महाराज ने जो बलिदान दिया, विश्व के इतिहास में उनके परिवार का कोई सानी नहीं हैं। उनकी तीन पीढ़ियों ने हिन्दू धर्म को जिन्दा रखने के लिए क्रूर मुगल शासक औरंगजेब के शासन में अपना बलिदान दिया। पिता गुरु तेग बहादुर जी ने अपना बलिदान दिया। जिनका सिर औरंगजेब ने चांदनी चौक, दिल्ली में कटवा दिया (जहाँ आज शीशगंज गुरुद्वारा बना है।) अपने चारों पुत्रों साहिबजादा अजीत सिंह, साहिबजादा जुझार सिंह, साहिबजादा जोरावर सिंह और साहिबजादा फतह सिंह का बलिदान हिन्दू धर्म के लिए दिया। धन्य है गुरु गोविन्द सिंह जी के परिवार का बलिदान इसीलिए पंजाब की धरती को 'भारत की तलवार' कहा जाता है।

अमृतसर इसी पंजाब का एक नगर है। अमृतसर शहर की स्थापना सिक्खों के पांचवें गुरु रामदास जी ने की थी। छठे गुरु अर्जुन देव जी ने हरमन्दिर (स्वर्णमन्दिर) साहब का निर्माण कराया जिसकी नींव उन्होंने तत्कालीन प्रसिद्ध सूफी मुस्लिम सन्त मियाँ मीर से रखवाई।

मदनलाल ढींगरा का जन्म 8 फरवरी, 1887 को इसी अमृतसर में एक अत्यंत सम्पन्न परिवार में हुआ था। उनके पिता दित्तामल ने, पंजाब के मेडिकल स्कूल लाहौर से 1867 में सब असिस्टेंट सर्जन की परीक्षा उत्तीर्ण की थी।

डा. दित्तामल की पत्नी 'मन्तो' बड़े ही धार्मिक संस्कारों को मानने वाली और विशुद्ध आचार-विचार वाली महिला थीं।

उस समय भारत में अंग्रेज़ों का राज था। अंग्रेज़ों के चाटुकार भारतीय भी, अंग्रेज़ों के राज को भारत के लिए लाभदायक समझते थे, और अंग्रेज़ों को अपना आका मानते थे। मदनलाल ढींगरा का परिवार भी इसी विचारधारा से प्रभावित था। यह परिवार पंजाब के सम्पन्न परिवारों में गिना जाता था।

ढींगरा के पिता डॉ. दित्तामल अंग्रेज़ों के मित्र थे। सिविल सर्जन के रूप में उन्होंने बहुत ख्याति और धन अर्जित किया। उन्होंने अमृतसर में काफी सम्पत्ति खरीदी। अंग्रेज़ उनकी काबलियत और वफादारी के कायल थे। अंग्रेज़ों ने उनकी वफादारी की कद्र करते हुए 'राय साहब' की उपाधि से नवाजा।

राय साहब डॉ. दित्तामल ने जी. टी. रोड पर छह बड़े-बड़े बंगले बनवाये। अमृतसर के 'कटरा शेर शाह' में उन्होंने 21 मकान बनवाये। 'संगी वाला' गांव में 10 स्क्वेयर खेती की जमीन खरीदी। पुश्तैनी गाँव 'साहीवाल' में उनका विशाल महलनुमा मकान था जिसे उन्होंने अपने दामाद को दिया था।

रिटायरमेन्ट के बाद राय साहब डॉ. दित्तामल जम्मू और कश्मीर के

महाराजा प्रताप सिंह के आनरेरी चिकित्सक व सर्जन बन गये, इससे उन्हें भारी आमदनी हुई। उन्होंने अमृतसर में आंखों का एक बड़ा अस्पताल खोल लिया, अमृतसर में बच्चा-बच्चा उनके नाम से परिचित हो गया।

राय साहब डॉ. दित्तामल के सात बेटे थे और एक बेटी थी। डा. दित्तामल के बेटे क्रमशः इस प्रकार विभिन्न कार्यों में संलग्न हुए।

प्रथम बेटा कुन्दनलाल ढींगरा,—प्रसिद्ध कपड़ा व्यापारी बना।

दूसरा बेटा मोहनलाल ढींगरा,—ब्रिटेन में शिक्षा प्राप्त कर डॉक्टर बना बाद में अमृतसर में हैल्थ ऑफिसर हुआ।

तीसरा बेटा बिहारीलाल ढींगरा,—ब्रिटेन में डॉ. की एम. आर. सी. पी. की डिग्री प्राप्त कर डॉक्टर बना। महाराजा जींद ने उसे मेडिकल ऑफिसर नियुक्त किया।

चौथा बेटा चमनलाल ढींगरा,—कानून की परीक्षा पास करके अमृतसर में बैरिस्टर बना।

पाँचवां बेटा चुन्नीलाल ढींगरा,—कानून की परीक्षा पास करके जम्मू राज्य में मुंसिफ हुआ।

छटा बेटा—मदनलाल ढींगरा—ने 1 जुलाई, 1909 को सर कर्जन वायली की इंग्लैंड में हत्या की तथा 17 अगस्त, 1909 को फांसी का फंदा चूमा।

सातवां बेटा—भजनलाल ढींगरा—कानून की परीक्षा पास की और वकालत करने लगे।

बेटी—काकी रानी—उनका विवाह डॉ. दित्तामल ने साहीवाल के जमींदार घराने के युवक चेतन दास के साथ किया।

स्पष्ट है कि राय साहब डॉ. दित्तामल का पूरा परिवार शिक्षित तथा अंग्रेज़ सत्ता भक्त था। इस परिवार का छठा बेटा मदनलाल ढींगरा ही सारे परिवार से अलग था, न तो वह अंग्रेज़ राजभक्त था न ही अंग्रेज़ों की कृपा से प्राप्त सम्पन्नता उसे भाती थी। न ही वह अंग्रेज़ों को पसंद करता था।

मदनलाल की शिक्षा अमृतसर तथा लाहौर में हुई थी। म्युनिसिपल कालेज अमृतसर से इन्टर (बारहवीं) की परीक्षा द्वितीय श्रेणी में पास की तथा बाद की शिक्षा के लिए गवर्नमेंट कालिज लाहौर में दाखिला लिया।

बचपन से ही उनका सपना था कि भारत से पढ़ाई समाप्त करने के पश्चात् वह उच्च शिक्षा के लिए इंग्लैंड जाये और इंजीनियर बने।

मदनलाल अपने अन्य भाइयों से भिन्न था। वह बचपन से ही बड़ा फुर्तीला तथा पढ़ाई और खेल दोनों में ही सधा हुआ था।

मदनलाल ढींगरा को पढ़ाई-लिखाई के लिए अमृतसर के एक मिशन

स्कूल में भर्ती कराया गया। इसी स्कूल में उसके सभी भाई पढ़ चुके थे। स्कूल का वातावरण ईसाई धर्म पर आधारित था। अंग्रेज़, शिक्षा अधिकारियों के आने पर स्कूल के विद्यार्थियों को अंग्रेज़ों के राज की प्रशंसा में गीत गाने होते थे। ईसा मसीह का गुणगान करना होता था। यह सब मदनलाल को अच्छा नहीं लगता था।

स्कूल के मुख्य अध्यापक ने, मदनलाल के व्यवहार में अंग्रेज़ों के राज के प्रति घृणा का भाव देखा तो, उन्होंने इसकी शिकायत उसके पिता राय साहब डॉ. दित्तामल को कर दी। डॉ. दित्तामल सतर्क हो गये और मदनलाल पर कड़ी दृष्टि रखने लगे। उन्हें आशंका होने लगी कि उनके घर में एक अंग्रेज़ सरकार का दुश्मन जन्म ले चुका है।

जैसे-तैसे मिशन स्कूल की पढ़ाई पूरी करने के बाद, मदनलाल ने म्युनिसिपल कालेज अमृतसर में दाखिला लिया। उनके सभी बड़े भाई और पिता दित्तामल उनसे अधिक प्रसन्न नहीं थे। अमृतसर के म्युनिसिपल कालेज में शिक्षा के दौरान मदनलाल का सम्पर्क ऐसे छात्रों व अध्यापकों से हुआ जो मन-ही-मन क्रान्तिकारी आन्दोलन के समर्थक थे। कालेज का वातावरण मिशन स्कूल जैसा संकीर्ण नहीं था। म्युसिपल कालेज की पढ़ाई के दौरान ही मदनलाल ने सुप्रसिद्ध क्रान्तिकारी विनायक दामोदर सावरकर के संगठन 'अभिनव भारत' के बारे में सुना, जिसे सावरकर 'नासिक' में चला रहे थे। उसने सावरकर से पत्र-व्यवहार किया।

मदनलाल विनायक दामोदर सावरकर से मिलने को इच्छुक हुए, परन्तु यह मिलन बाद में इंग्लैंड में इंडिया हाऊस में ही प्रथम बार हुआ।

कालेज में भी, मदनलाल ढींगरा में अंग्रेज़ी राजभक्ति पैदा न हो पाई, लिहाजा डॉ. दित्तामल ने अपने पुत्र की पढ़ाई म्युनिसिपल कालेज अमृतसर से छुड़वाकर, उसका लाहौर के गर्वनमेन्ट कालेज में एडमिशन कराया ताकि उसका शैक्षिक वातावरण बदल जाए।

लाहौर में मदन लाल का परिचय एक उदारवादी विचारधारा के अंग्रेज़ ओ. ब्राउन से हुआ जो भारतीयों को किसी भांति गुलाम नहीं समझते थे बल्कि पढ़े-लिखे भारतीयों को अपने बराबर समझकर उनका सम्मान करते थे। ओ. ब्राउन, एक रिटायर्ड अंग्रेज़ अफसर थे। उनके यहाँ अनेक भारतीय विद्यार्थी आते थे जिनमें मदनलाल भी शामिल था।

ओ. ब्राउन ने, मदनलाल की योग्यता को पहचाना और उन्होंने मदनलाल को अंग्रेज़ों से कूटनीतिक लड़ाई लड़ने की शिक्षा दी, उन्होंने कहा, "पढ़-लिखकर अंग्रेज़ों के बराबर पहले ज्ञान और बुद्धिबल हासिल करो, फिर आक्रमण करो।

बिना शिक्षा प्राप्त किये सिद्धांतों पर कुर्बान होना बिल्कुल वैसा ही है जैसे बिना हथियार के, योद्धा का रणक्षेत्र में उतरना।"

अंग्रेज़ गुरु ओ. ब्राउन की सीख मदनलाल के हृदय में घर कर गई। वह मन लगाकर पढ़ने लगा। ओ. ब्राउन का लाहौर की अंग्रेज़ बिरादरी में कोई विशिष्ट स्थान नहीं था परन्तु वह हिन्दुस्तानी नौजवानों में सर्वप्रिय था, क्योंकि वह उदारवारदी मानवीय विचारधारा का समर्थक था। ओ. ब्राउन के बारे में डॉ. दित्तामल को सूचना मिली तथा उनके मदनलाल के साथ सम्बन्धों का भी पता चला। डॉ. दित्तामल ने मदनलाल को लाहौर से अमृतसर बुला भेजा। मदनलाल ने अमृतसर आने से मना कर दिया। लाहौर में ही अपनी पढ़ाई जारी रखी। डॉ. दित्तामल ने गुस्से में उसकी पढ़ाई का खर्च भेजना बन्द कर दिया। जिससे मजबूर होकर मदनलाल ढींगरा अपनी पढ़ाई-लिखाई छोड़कर लाहौर से अमृतसर वापिस आ गया। बड़े भाई के साथ कपड़े का व्यापार किया परन्तु उसमें मन नहीं लगा।

मदनलाल ने पिता से आर्थिक सहायता लेनी बन्द कर दी। कुछ समय उसने अपने सगे चाचा के अधीन 'परिवहन सेवा विभाग' में नौकरी की।

मदनलाल ढींगरा का जन्म स्थान

बाद में पंजाब सरकार के अधीन, कश्मीर सैटिलमेन्ट विभाग में नौकरी कर ली। विभाग अभी नया-नया खुला था। थोड़े दिनों बाद ही मदनलाल ने महसूस किया कि विभाग में बहुत भ्रष्टाचार है। थोड़े समय बाद वह नौकरी भी मदन लाल ने छोड़ दी।

बाद में मदनलाल बम्बई चले गये, और वहाँ पानी के जहाज पर मल्लाह के रूप में कार्य किया। वह अपने कार्य से पूरी तरह सन्तुष्ट थे। एक दिन माँ मंतो की बीमारी की सूचना अमृतसर से आई। बीमारी की झूठी सूचना देकर मदनलाल को अमृतसर बुलवाया गया था।

अमृतसर आने पर मदनलाल ने, माँ की तीव्र इच्छा पर विवाह कर लिया। पत्नी बड़ी सुन्दर, सौम्य और विनम्र थी। कुछ समय बाद परिवार में एक बालक का जन्म हुआ। मदनलाल पर परिवार के भरण-पोषण की जिम्मेदारी आ गई थी क्योंकि अपने परिवार के लिए पिता डॉ. दित्तामल से कोई आर्थिक सहायता लेना उन्हें पसंद नहीं था।

शिमला और कोल्का-टांगा मार्ग में उन्होंने कार्य प्रारम्भ मिला जिससे परिवार का खर्चा चलने लगा। उसने इतना धन एकत्रित कर लिया, जिससे कि वह इंग्लैंड जा सकें। मदनलाल के मन में बचपन से ही इंग्लैंड जाकर इन्जीनियरिंग की पढ़ाई करने की तीव्र इच्छा थी...।

3

इंग्लैंड प्रस्थान

श्याम जी कृष्ण वर्मा
जन्म 4 अक्टूबर 1857
निर्वाण 31 मार्च 1930
(इन्डिया हाउस के संस्थापक)

पिता की इच्छा के विरुद्ध मदनलाल ढींगरा जुलाई–1906 में पानी के जहाज से इंग्लैंड के लिए रवाना हो गये।

काफी दिनों की लम्बी यात्रा के बाद मदनलाल इंग्लैंड में अपने भाई कुन्दनलाल के पास पहुँचे। कुन्दनलाल ने सोचा कि अब उसका छोटा भाई मदनलाल पढ़ाई के लिए इंग्लैंड आ गया है, तो मन लगाकर पढ़ेगा और अंग्रेज़ों के बीच रहकर उन्हीं की तरह सफल जीवन जीने की कला सीख लेगा। कुन्दनलाल ने, छोटे भाई मदनलाल के इन्जीनियरिंग कालेज के एडमिशन के प्रयास प्रारंभ कर दिये।

मदनलाल को 19 अक्तूबर, 1906 को लंदन के एक इंजीनियरिंग कालेज में दाखिला मिला। कीमती और बढ़िया किस्म के कपड़े पहनने में मदनलाल को बहुत आनंद आता था। बनाव–श्रंगार के साधनों, इत्र आदि का प्रयोग वह करता था। बालों को संवारने में वह आईने के सामने घंटों गुजार देता था। शाम को लंदन की सड़कों पर दूर–दूर घूमता था। उसके अनेक मित्रों में महिलाएं भी थीं।

सड़कों पर घूमते हुए एक दिन 'इंडिया हाऊस' की बिल्डिंग मदनलाल को दिखाई दी। पूछने पर ज्ञात हुआ कि इंडिया हाऊस पर केवल भारतीयों का एकाधिकार है उसमें गोरों का कोई दखल नहीं है।

अगले दिन वे 'इंडिया हाऊस' जा पहुँचे। वहाँ उनकी भेंट 'श्याम जी कृष्ण वर्मा' से हुई। श्याम जी कृष्ण वर्मा अग्रेज़ी और सस्कृत के उदृभट विद्वान थे और आक्सफोर्ड विश्वविद्यालय के विलोईल कालिज (BALLIOIL COLLEGE, OXFORD) में, अध्यापक थे। इंडिया हाऊस के संस्थापक भी, श्री श्याम जी कृष्ण वर्मा ही थे। 65 क्रामवेल ऐवन्यू हाई गेट की एक बिल्डिग में, इंडिया हाऊस एक हॉस्टल था लंदन में भारतीय विद्यार्थियों के लिए एक जुलाई 1905 को आरम्भ किया गया था। जिसका उद्‌घाटन एच. एम. हिन्ड मैन ने किया था।

श्याम जी कृष्ण वर्मा ने 4 दिसम्बर, 1903 को एक हज़ार पाउंड की राशि से 'स्पेंसर भाषण माला' भी आक्सफोर्ड यूनिवर्सिटी में प्रारंभ की थी। इसके अतिरिक्त उन्होंने भारतीय विद्यार्थियों के लिए दो फेलों शिप (छात्रवृत्ति) भी प्रारम्भ की थी! एक फेलोशिप 'गुरु गोविन्द सिंह' बना दूसरी फेलोशिप 'शिवाजी' के नाम पर थी, दोनों विदेशी मुगल शासकों से लगातार लड़े थे फेलोशिप के लिए भारत से विद्यार्थियों को निमंत्रित किया गया। फेलोशिप के लिए शर्त यह थी कि विद्यार्थी की आयु कम से कम 18 वर्ष हो तथा लन्दन में शिक्षा समाप्त करने के बाद भारत लौटने पर अंग्रेज़ी राज की नौकरी नहीं करेंगे और भारत की आज़ादी के लिए प्रयासरत होंगे।

श्यामजी कृष्ण वर्मा से शिवाजी फेलोशिप के लिए लोकमान्य तिलक ने विनायक दामोदार सावरकर के नाम की संस्तुति की थी। 'गुरु गोविन्द सिंह' फेलोशिप के लिाए अमृतसर के सरदार हरनाम सिंह का चयन किया गया विनायक दामोदर सावरकर तथा हरनाम सिंह दोनों बम्बई से एक साथ ही जलयान 'पार्शिया' से यात्रा करके जुलाई 1906 में लन्दन पहुँचे।

1905 में, सुप्रसिद्ध विचारक एच. एम. हिंड मैन (H.M. Hyndman) जो भारत में रहकर, भारत की राजनीतिक समस्याओं का अध्ययन कर चुके थे और इस नतीजे पर पहुँचे थे कि "भारत का भला ब्रिटिश हुकूमत के हाथों नहीं होगा, बल्कि उसे एक ऐसी सरकार चाहिए जो भारतीय देशभक्तों के द्वारा चलाई जाये।"

हिंड मैन ने श्याम जी कृष्ण वर्मा को 'इंडियन होमरूल सोसाइटी' (Indian Home Rule Society) की स्थापना करने का विचार दिया। हिंड मैन की प्रेरणा से ही श्री श्याम जी कृष्ण वर्मा ने 18 फरवरी 1905 को लन्दन में होमरूल सोसाइटी बनाई। भारत में स्वराज्य की स्थापना का संदेश इस संगठन के नाम से ही परिलक्षित होता था।

श्याम जी कृष्ण वर्मा का जन्म 4 अक्टूबर, 1857 में काठियावाड़ की कच्छ रियासत के मांडवी गांव के भंसाली परिवार में हुआ था। (इनका देहांत

31 मार्च, 1930 को हुआ) प्रारम्भिक शिक्षा बम्बई में लेने के बाद वे उच्च शिक्षा के लिए इंग्लैंड आये। आक्सफोर्ड के बेलियल कॉलेज से उन्होंने बी. ए. किया तथा 1884 में ऑक्सफोर्ड यूनिवर्सिटी से एम. ए. की डिग्री प्राप्त की। वह ब्रिटिश राज के कट्टर विरोधी थे। 1881 में जर्मन की राजधानी बर्लिन में आयोजित 'ओरियंटल कांफ्रेस' में उन्होंने भारत का प्रतिनिधित्व किया था, वहाँ अपने भाषण में भारत की संस्कृति और साहित्य का जीवन्त चित्र खींचा था।

भारत लौटकर उन्होंने जूनागढ़ के दरबार में दीवान की हैसियत से कार्य किया। सन् 1893 में श्याम जी कृष्ण वर्मा ने उदयपुर राज्य में अपनी सेवायें प्रारम्भ कीं। उस समय सर विलियम कर्जन वायली उदयपुर राज्य का सर्वेसर्वा था। वायली, श्याम जी कृष्ण वर्मा को पसंद नहीं करता था। 1896 में जब 'लार्ड एल्विन' ने उदयपुर स्टेट का दौरा किया तब कर्जन वायली ने लार्ड एल्विन से चुगली करके श्याम जी कृष्ण वर्मा की सेवायें उदयपुर स्टेट से समाप्त करा दीं।

उदयपुर स्टेट की नौकरी छूट जाने पर श्याम जी कृष्ण वर्मा को बहुत दुख हुआ, तब उन्होंने प्रतिज्ञा की कि "मैं भारत में अंग्रेज़ों के राज को कभी बर्दाश्त नहीं करूंगा और अपना पूरा जीवन भारत में अंग्रेज़ी राज की जड़ें उखाड़ फेंकने में लगा दूंगा।"

श्याम जी कृष्ण वर्मा आर्य समाज के संस्थापक स्वामी दयानंद से मिले और उन्हें अपनी आत्मा का कष्ट बताया। स्वामी दयानंद सरस्वती ने, उन्हें अंग्रेज़ों के गढ़ में पहुँच कर वहाँ शिक्षा प्राप्त करने वाले भारतीय नौजवानों के दिलों में देश-भक्ति की मशाल प्रज्ज्वलित करने की प्रेरणा दी। श्याम जी कृष्णवर्मा 1897 में ब्रिटेन चले गये और पूरे दस साल उन्होंने अपनी अंग्रेज़ विरोधी गतिविधियों का केन्द्र लंदन को बनाया।

1907 में, श्याम जी कृष्ण वर्मा पेरिस चले गये क्योंकि फ्रांस उन दिनों भारत में अंग्रेज़ी शासन का विरोधी था। यूरोप के कई अन्य देश जर्मनी इटली आदि भी भारत में अंग्रेज़ी शासन के विरोधी थे। श्याम जी कृष्ण वर्मा इन राष्ट्रों में, भारत की जनता की भावनाओं को अभिव्यक्ति करने के लिए पेरिस पहुँचे थे।

श्रीकृष्ण वर्मा भारत के उन सभी नेताओं के सम्पर्क में थे जो क्रान्तिकारी विचारधारा के थे। वह बाल गंगाधर तिलक और विपिनचन्द्र पाल, श्याम जी कृष्ण वर्मा के प्रशंसक थे। तिलक दिल से चाहते थे कि भारत में विदेशी शासन समाप्त हो जाये परन्तु वह खुलकर क्रांति का समर्थन नहीं कर पा रहे थे, क्योंकि उस समय वह कांग्रेस के सदस्य थे और कांग्रेस हाथ जोड़ कर अंग्रेज़ी शासन से सुविधा मांगने वाली पार्टी के रूप थी।

4

इंडिया हाऊस में सावरकर से भेंट

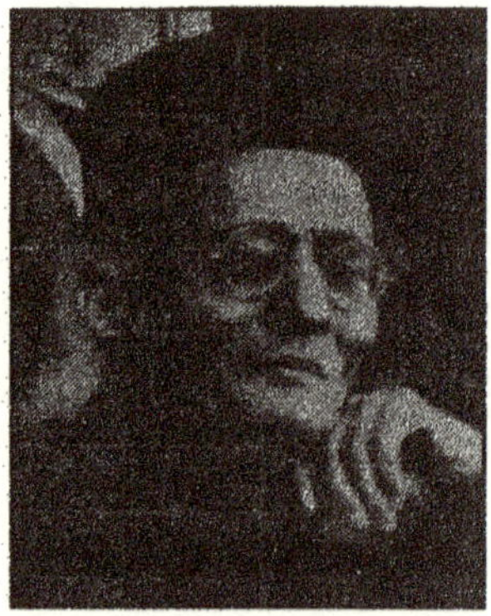

विनायक दामोदर सावरकर

जैसा कि पिछले परिच्छेद में लिखा जा चुका है कि सन् 1905 में सुप्रसिद्ध गुजराती क्रान्तिकारी श्याम जी कृष्ण वर्मा ने लंदन में 'इन्डिया हाऊस' की स्थापना की, जिसमें भारतीय विद्यार्थियों को रहने की सुविधा प्राप्त थी। इस छात्रावास का संचालन एक भारतीय छात्र विनायक दामोदर सावरकर कर रहा था। (सन् 1907 में, छात्रावास के संस्थापक-संचालक श्री श्याम जी कृष्ण वर्मा पेरिस चले गये थे।) जो श्याम जी कृष्ण वर्मा की 'शिवाजी' नाम की छात्रवृत्ति पर इंग्लैंड गया था।

मई 1907 में, जब पहली बार इंडिया हाऊस में मदनलाल ढींगरा आया था। उस समय तक श्याम जी कृष्ण वर्मा इंग्लैंड में ही थे। अत: मदनलाल की 'इंडिया हाऊस' में भेंट सर्वप्रथम श्याम जी कृष्ण वर्मा से ही हुई थी।

दूसरी बार जब मदनलाल ढींगरा 'इंडिया हाऊस' आये तो उस समय 'इंडिया हाऊस' में 'भारत की दुर्दशा' पर विनायक दामोदर सावरकर का ओजस्वी भाषण चल रहा था। अन्य भारतीय विद्यार्थी तन्मयता से इस भाषण को सुन रहे थे। मदनलाल ढींगरा भी सबसे पीछे की पंक्ति में कुर्सी पर जाकर बैठ गया।

मदनलाल ढींगरा ने, सावरकर का ओजस्वी भाषण सुना तो उसकी आँखों में आँसू आ गये। उसका खून, अंग्रेज़ों द्वारा भारत में किए जा रहे अत्याचारों को सुनकर खौल उठा।

वह उठकर खड़ा हो गया और उसी समय अंग्रेज़ों को "ईंट का जवाब पत्थर" से देने का नारा लगाने लगा। सावरकर का भाषण बीच में ही रुक गया, सभी उपस्थित श्रोताओं ने मदनलाल ढींगरा की ओर मुड़कर देखा। वे सब भी मदनलाल के जोशीले नारों के साथ नारे लगाने लगे।

'इंडिया हाऊस' में रहने वाले भारतीय छात्रों ने 'अभिनव भारत' नामक एक संस्था बना रखी थी, जिसका गठन विनायक दामोदर सावरकर ने, भारत में किया था और इंग्लैंड जाते समय भारत में, संस्था की जिम्मेदारी बड़े भाई श्री गणेश दामोदर सावरकर को सौंप गए थे। उसी संस्था के अन्तर्गत सावरकर भाषण दे रहे थे। जिसमें भारतीय छात्र कभी-कभी भारत की आर्थिक दशा तथा राजनीति पर चर्चा करते थे। उसी शृंखला में आज की मीटिंग चल रही थी।

आज मदनलाल ढींगरा ने संकल्प किया कि अब वह भी अन्य भारतीय छात्रों के साथ इंडिया हाऊस में ही रहेंगे। इंडिया हाऊस में उस समय श्री नीति सेन दास, अली खान, विनायक दामोदर सावरकर, महादेव बापट, वीरेन्द्रनाथ चट्टोपाध्याय, हरनाम सिंह अरोरा, बी.बी.एस. नैय्यर, गोविन्द अमीन गंडुरंग आदि रहते थे। इन सबने मदनलाल ढींगरा का इंडिया हाऊस में स्वागत किया।

अब मदनलाल प्रतिदिन सावरकर तथा अन्य क्रान्तिकारी विचारों के छात्रों के साथ विचार-विमर्श करने लगें। वह रोज कालेज जाता था, पढ़ाई करता, परन्तु भीतर-ही-भीतर उसके मन में क्रान्ति की ज्वाला सुलग रही थी।

मदनलाल अपने पिता डॉ. दित्तामल और अन्य भाइयों की मनोवृत्ति से भलीभांति परिचित था। वह जानता था कि उनका समस्त परिवार अंग्रेज़ों के प्रति वफादार है और उनसे दोस्ती करना गर्व की बात मानता है। ऐसे में अंग्रेज़ों का और विशेषकर भारत में अंग्रेजी शासन का विरोध करना मदन लाल के लिए बहुत कठिन था।

सावरकर पहली ही मुलाकात में समझ गये थे कि मदनलाल ढींगरा एक दृढ़ संकल्प वाला युवक है। वह जब तक किसी काम में हाथ नहीं डालता, तभी तक वह चुप है यदि उसे कोई काम सौंपा गया तो उसे वह पूरे मन से करेगा।

अत: उन्होंने मदनलाल को अपने क्रान्तिकारी कार्यों में शामिल करने की जल्दी नहीं की। वे इंडिया हाऊस में उसके निवास करने और 'अभिनव भारत' संगठन की हर मीटिंग में उपस्थित होने से ही सन्तुष्ट थे।

प्रो. वी. एन. दत्ता ने अपनी पुस्तक **'Madan Lal Dhingra and The Revolutionary Movement'** में लिखा है–'One of the young men who felt drawn to Savarkar was Madan Lal. Both Savarkar and Madan had arrived in England in 1906. Savarkar was 23 and Dhingra about 19. While Savarkar was of humble origin and simple habits, Madan was aristocaratic and a bit snobbish. Savarkar had a clear Ideology, which Madan had'nt, but both of them had a certain toughness of spirit and a one track mind.'

मदनलाल ढींगरा सावरकर का बहुत आदर करते थे। सावरकर की बुद्धि इतनी तेज थी कि कानून की पढ़ाई करते हुए भी वह अन्य क्रान्तिकारी गतिविधियों में सलंग्न रहते थे तथा भारत में अंग्रेज़ों के पैर उखाड़ने में लगे क्रान्तिकारियों को पूरा सहयोग देते थे। एक व्यक्ति में इतनी बड़ी क्षमता होना निश्चय ही चौंकाने वाली बात थी। ढींगरा ने सावरकर की योग्यता और प्रतिभा को पहचान लिया था।

मदनलाल ने, अपने मन में अपने पिता डॉ. दित्तामल के साथ-साथ अन्य परिवार के सदस्यों के जीवन की, सावरकर और श्याम जी कृष्ण वर्मा के जीवन से तुलना की, उसने पाया कि उसका परिवार केवल अपना निजी सुख चाहता है, अपनी सम्पन्नता चाहता है और इन सबकी पूर्ति के लिए उसका परिवार अंग्रेज़ शासन की नींव को भारत में और मजबूत कर रहा है, दूसरी ओर क्रान्तिकारी हैं जो, अंग्रेज़ी शासन की जड़ें खोदने में लगे हैं ताकि देश स्वतंत्र हो। ऐसे में क्रान्तिकारियों की मेहनत का एक बड़ा हिस्सा अपनों के खिलाफ लड़ने में जाया हो रहा है क्योंकि उसके पिता डॉ. दित्तामल जैसे लोग अंग्रेज़ों की चाटुकारिता कर उनसे लाभ कमा रहे हैं, खुशहाली व सम्पन्नता हासिल कर रहे हैं।

मदनलाल को लगा कि उसके पिता जैसे लोग ही अंग्रेज़ों की जड़ें भारत में जमाये रखने के लिए जिम्मेदार हैं। जब किसी देश में लोग अपने निजी स्वार्थ के कारण बाहरी सत्ता से हाथ मिला लेते हैं। तो विदेशी उन्हें अपने हित के लिए इस्तेमाल करने लगते हैं। और उस राष्ट्र में अपनी सत्ता स्थापित कर लेते हैं। पूरे राष्ट्र को गुलाम बना लेते हैं।

यही दुनिया का इतिहास बताता है और यही इतिहास बार-बार दुनिया में अपने को दोहराता है।

5

सावरकर का प्रभाव

इंग्लैंड के अलावा, अन्य योरोपीयन देशों में भी भारतीय छात्र उच्च शिक्षा प्राप्त कर रहे थे। सावरकर ने, उन युवाओं से सम्पर्क साधा और उन्हें प्रेरित किया कि वे उस देश (जिस देश में वे पढ़ रहे हैं) के प्रमुख अखबारों में लेख लिखें ताकि उस देश के लोग, अंग्रेज़ों के राज में, परातन्त्र भारतवासियों के जीवन की दुर्दशा को जान सकें। भारत में अंग्रेज़ों के जुल्मों को जान सकें।

विनायक दामोदर सावरकर

सावरकर, जहाँ एक ओर विभिन्न देशों में भारतीय युवाओं में भारत में क्रान्ति का मंत्र फूंक रहे थे, वहीं दूसरी ओर वह भारत में युवाओं को सशस्त्र क्रान्ति के लिए हथियार भी भेज रहे थे।

ब्रिटेन में, अंग्रेज़ो ने 1 मई 1907 को 1857 के भारतीय क्रान्ति की विफलता के 50 वर्ष पूरे होने पर जशन मनाया। 6 मई 1907 को ब्रिटेन के लोकप्रिय अखबार 'डेली टेलीग्राफ' ने इस आयोजन की कार्यवाही प्रकाशित की, जिसमें एक ड्रामा का भी जिक्र था जो उस आयोजन में मंचित हुआ, जिसमें रानी लक्ष्मी बाई और नाना साहब को हत्यारों के रूप में प्रदर्शित किया गया था, खबर का शीर्षक था 'पचास वर्ष पूर्व इस सप्ताह गदर से एक राज बचा'।

ब्रिटेन में अंग्रेज़ों के 1 मई 1907 के आयोजन को चुनौती देने के लिए 10 मई, 1907 को, सावरकर ने इंडिया हाऊस में '1857 भारतीय क्रान्ति का स्मरण दिवस' मनाने का आयोजन किया। जो आमंत्रण पत्र भारतीयों को इंग्लैंड

में, इस अवसर पर उपस्थित होने के लिए, हैन्डबिल, पम्फलैट तथा विभिन्न अखबारों में दिया गया था, वह इस प्रकार था--

BANDE MATARAM
To Commemorate the Aniversary of
The
INDIAN NATIONAL RISING
of 1857
A MEETING OF INDIANS IN
ENGLAND
will be held at
INDIA HOUSE
65, Cromwall Avenue, Highgate N.
On Sunday the 10th of May, 1907
at 4 p.m. precisely.
You and all your Indian Friends are cordially invited to be present.

1857 के स्वतंत्रता संग्राम को, जिसमें पूरे देश की जनता ने सहयोग दिया था। उसे अंग्रेज़ सरकार ने सैनिक विद्रोह (Mutiny) कहा था। उसे 'गदर' का नाम दिया। जबकि यह भारत देश की जनता का, स्वतंत्रता प्राप्ति के लिए प्रथम संगठित प्रयास था।

10 मई, 1908 को इंडिया हाऊस में, 1857 की 50वीं वर्षगांठ बड़ी धूमधाम और उत्साह के साथ मनाई गई। दुनिया के विभिन्न देशों में रह रहे भारतीय ने इसमें भाग लिया। उस दिन को सावरकर ने 'शहीद दिवस' नाम दिया।

इस अवसर पर सावरकर ने घोषणा की कि 1857 का संग्राम, भारतीय स्वतंत्रता का प्रथम संग्राम था और वह शीघ्र ही अपने पास उपलब्ध ऐतिहासिक सामग्री के आधार पर एक पुस्तक 'भारत का प्रथम स्वाधीनता संग्राम' लिखेंगे। इस आयोजन को सफल बनाने लिए अन्य भारतीय विद्यार्थियों के साथ भारतीय महिला, क्रन्तिकारी मदनलाल ढींगरा ने भी अत्यंत सहयोग दिया।

'सावरकर ने इटली के महान क्रान्तिकारी, मैजनी की जीवनी 'Joseph Mazzini : His Autobiography and Politics' का मराठी में अनुवाद किया था और उसे छपवाया गया और आज सभा में उपस्थित सभी भारतीयों को वितरित किया गया।

मदनलाल ढींगरा ने भी बाद में मैजनी की मूल पुस्तक के कुछ अंशों को अंग्रेज़ी भाषा में पढ़ा।

फ्राँस से मैडम भीकम जी कामा का संदेश क्रान्तिकारी रीवा जी राणा लेकर आते थे वह संदेश भी इस मीटींग में पढ़ा गया।

ब्रिटेन के अखबार 'THE TIMES' ने समारोह के अगले दिन 'शहीद दिवस' के समाचार को इन वाक्यों में प्रकाशित किया–"भारतीय छात्रों ने प्रतिज्ञा की कि वे भारत की आज़ादी के लिए दृढ़ संकल्पित हैं, जब तक भारत ब्रिटिश हुकूमत से मुक्त नहीं हो जाता वे चैन की सांस नहीं लेंगे"

सावरकर ने अपने भाषण में कहा:

'The war began on 10th of May, 1857 is not over on the 10th May 1907, nor shall it ever cease till on 10th Mays' to come, sees the destiny accomplished, sees the beautiful India Crowned.'

भारतीय छात्रों ने प्रतिज्ञा की कि वे भारत की आज़ादी के लिए प्रतिबद्ध हैं जब तक देश ब्रिटिश हुकूमत से मुक्त नहीं हो जाता, वे चैन की सांस नहीं लेंगे। इस प्रतिज्ञा की याद को हमेशा जीवित रखने के लिए छात्रों को बैज (Badges) वितरित किये गये। बिल्लों पर लिखा था '1857 स्मारक'। अन्य भारतीय विद्यार्थियों की तरह, मदनलाल ढींगरा ने भी यह बिल्ला गर्व से अपने सीने पर लगा लिया।

अगले दिन जब भारतीय विद्यार्थी 'बिल्ला' लगाकर अपनी कक्षाओं में गये तो अंग्रेज़ सहपाठियों ने चिढ़कर उनका मजाक उड़ाया, क्योंकि वे समझते थे कि अंग्रेज़ जाति ही उच्च जाति है। अन्य जातियों पर राज करना उनकी योग्यता है।

मदनलाल ढींगरा भी, बढ़िया सूट पहनकर, सज-धजकर, अपनी कक्षा में आया था उसने गर्व से बिल्ला अपने सीने पर लगा रखा था। उसका एक अंग्रेज़ सहपाठी उसको बिल्ला लगाये देख आगबबूला हो गया।

उस अंग्रेज़ विद्यार्थी ने मदनलाल ढींगरा के कोट पर लगा 'बिल्ला' खींचने का प्रयास किया। पर बिल्ला खींचने से पूर्व ही मदनलाल ने उस अंग्रेज़ विद्यार्थी के मुंह पर एक चांटा मार उसे जमीन पर पटक दिया।

मदनलाल ढींगरा के इस दुस्साहस की धाक उनके सारे महाविद्यालय में जम गई....। मदनलाल जहाँ सहपाठी छात्रों में हीरो बन गये वहीं अंग्रेज़ छात्र उनके दुश्मन बन गये। उन दिनों मदनलाल कुमारी मैरी हैरिस नामक अंग्रेज़ महिला के यहाँ पेइंग गेस्ट के रूप में रहते थे जो 108 लेदी बेरी रोड पर रहती थीं।

सावरकर ने, मदनलाल से कहा कि उसे संयम से काम लेना चाहिए क्योंकि बिना पूरी तैयारी में अंग्रेज़ों से उलझना ठीक नहीं है।

प्रथम स्वाधीनता संग्राम की 50वीं जयन्ती पर भारतीयों का इंडिया हाऊस में भारतीयों का इकट्ठा होना और पूर्ण स्वराज पाने के लिए क्रान्ति का आह्वान करना विनायक दामोदर सावरकर के लिए स्वर्णिम अवसर था। उन्होंने इस अवसर का पूरा लाभ उठाया।

विनायक दामोदर सावरकर ने इंग्लैंड में अपनी मातृभूमि पर जान तक न्यौछावर करने वाले भारतीयों की एक शृंखला तैयार कर दी, जिनमें प्रमुख थे महादेव बापट, मदनलाल ढींगरा, गंडु रंग, वीरेन्द्र नाथ चट्टोपाध्याय, हरनाम सिंह अरोरा, वी. वी. एस. अय्यर और गोविन्द अमीन।

मार्च 1908 में मदनलाल ढींगरा दूसरी बार इंडिया हाऊस में रहने आया था। इस बार इंडिया हाऊस का वातावरण देशभक्ति और जोश से भरा था। मदनलाल भी देशभक्ति के रंग में सराबोर हो गया। भारतीय छात्रों का अपनापन उसे छू गया। उसे आभास हुआ कि उसे अपने अस्तित्व का जो अहसास अपने बड़े भाइयों और पिता से भारत में प्राप्त नहीं हुआ था। वह इंडिया हाऊस के छोटे-बड़े छात्रों के साथ प्राप्त हुआ। उनकी तरह, मदनलाल ढींगरा को भी यह बात समझ में आ गई थी कि अंग्रेज़ी शासन की सारी नीतियां और योजनाएं भारत को अंग्रेज़ों का गुलाम बनाये रखने के लिए है। भारत का इनसे कोई भला होने वाला नहीं है।

सन् 1908 के मध्य में लंदन यूनिवर्सिटी के एक भारतीय छात्र ने, इंडिया हाऊस की एक मीटिंग में 'The Making of Bomb' विषय पर ओजस्वी भाषण दिया गया।

10 मई, 1908 के आयोजन के बाद, इस विषय पर चर्चा ने अंग्रेज़ सरकार को बहुत चौंकाया।

9 नवम्बर, 1908 को सावरकर ने 'इंडिया हाऊस' में 'ARE WE DISARMED' विषय पर भाषण दिया। भाषण में उन्होंने स्वतंत्रता के लिए हथियार का इस्तेमाल आवश्यक बताया, जिस समय सावरकर का भाषण चल रहा था। मदनलाल ढींगरा, महादेव वापट और गंडु रंग के साथ मीटिंग में मौजूद था। उसने सावरकर का एक-एक शब्द गम्भीरता से सुना।

स्पष्ट है कि विनायक दामोदर सावरकर का प्रभाव उत्तरोत्तर मदनलाल ढींगरा पर बढ़ रहा था। उन्हीं दिनों श्याम जी कृष्ण वर्मा पेरिस से एक समाचार-पत्र प्रकाशित कर रहे थे। इसका नाम था 'The Indian Sociologist'। यह मासिक समाचार-पत्र था। इस समाचार-पत्र का मुख्य उद्देश्य भारतीय के दिलों में अपनी आज़ादी के लिए संघर्ष करने का जुनून पैदा करना था। कृष्ण वर्मा चाहते थे कि भारतीय क्रान्तिकारी रूसी क्रान्तिकारियों की तरह अपने देश

में क्रान्ति को अंजाम दें। ब्रिटिश शासकों से लड़ने की भावना को इस आयोजन को केंद्र में रखा गया था।

द इंडियन सोशियालॉजिस्ट (समाचार-पत्र) ने आयोजन में भारतीय लड़ाई के लिए सुझाए गए तरीकों को प्रकाशित किया और उसकी तीन खूबियों को इस प्रकार व्याख्यायित (High Light) किया–

1. राजनैतिक उद्देश्यों की प्राप्ति के लिए हिंसा का प्रयोग।
2. क्रान्ति के कार्यों में खुफिया तरीके से अंजाम देना।
3. भारतीय सेना में क्रान्तिकारी विचारों को पहुँचाना, ताकि भारत के सैनिकों में राष्ट्रप्रेम व अंग्रेज़ों के प्रति विरोध-भावना पैदा की जा सके।

'द इंडियन सोशियालॉजिस्ट' के सभी अंकों में इस प्रकार की सामग्री लगातार प्रकाशित की गई, जो भारतीयों को अपनी आज़ादी के लिए गोलबंद करने के लिए काफी थी। इस समाचार-पत्र के अंकों को जो भी पढ़ता, उसे ऐसा लगता कि अंग्रेज़ों को भारत पर शासन करने का कोई हक नहीं है। उन्हें भारत का शोषण बंद करना चाहिए। भारत के निहत्थे लोगों पर गोली चलाना और डंडे बरसाना बंद करना चाहिए। अंग्रेज़ों को कोई हक नहीं है कि वे भारत की अर्थव्यवस्था पर डाका डालें और भारत के सीधे व सरल नागरिकों को यातनाएं दें।

दिसम्बर, 1907 के अंक में 'द इंडियन सोशियालॉजिस्ट' ने लिखा–'अब वक्त आ गया है कि भारत के लोग अपनी आज़ादी की लड़ाई को गुप्त तरीके से आगे बढ़ाएं। भारत से अंग्रेज़ों को बाहर निकालने के लिए रूसी विधि अपनानी होगी। अंग्रेज़ों के मुंह भारतीयों का खून लग चुका है, जब तक भारत के लोग अंग्रेज़ों की जान को जोखिम में नहीं डालेंगे, तब तक वे इस देश को छोड़ने वाले नहीं। यद्यपि एक्शन लेने के लिए भारतीय युवाओं के पास हथियारों की कमी है, परंतु इसका मतलब यह नहीं कि भारतीय क्रान्तिकारी हताश हो जाएं। उन्हें हथियार प्राप्त करने और बनाने की पूरी कोशिश करनी चाहिए।'

6

गुरु गोविन्द सिंह की जन्मशती

विनायक दामोदर सावरकर ने 29 दिसम्बर, 1908 को सिखों के महान गुरु, सिक्ख पंथ के संस्थापक गुरु गोविन्द सिंह जी, महाराज की जन्मशती मनाने का फैसला किया। इस अवसर पर भी भारत से तथा अन्य यूरोपीय देशों के भारतीय प्रतिनिधी 'इंडिया हाऊस' में जमा हुए। जन्मशती का समारोह 'सेक्सटन हाल' लंदन में हुआ।

बंगाल के सुप्रसिद्ध क्रान्तिकारी विचारों के कांग्रेसी नेता विपिनचन्द्र पाल ने इस समारोह की अध्यक्षता की। लगभग 150 देश के भारतीयों लोगों ने, इस कान्फ्रेंस में भाग लिया। इस मौके पर जी. एस. खार्पेड़े, लाला हरदयाल, राम भज दत्त, गोकुल चंद नारंग, लाला लाजपत राय जैसे महान विचारक और क्रान्तिकारी भी सम्मिलित हुए। मदनलाल ढींगरा के दिल में कुछ कर दिखाने की जो तमन्ना अंगड़ाई ले रही थी, वह इन क्रान्तिकारियों के भाषण से और भड़क उठी।

इन्हीं दिनों पंजाब केसरी लाला लाजपत राय इंग्लैंड की यात्रा पर आये हुए थे उन्होंने भी भारतीय छात्रों को 'इंडिया हाऊस' में सम्बोधित किया, जिसमें मदनलाल भी उपस्थित था। लाला लाजपत राय से, मदनलाल ढींगरा ने व्यक्तिगत भेंट लंदन में ही की। मदनलाल, पंजाब केसरी लाला लाजपत राय के राष्ट्रीय विचारों से बहुत ज्यादा प्रभावित हुआ। लाला लाजपत राय ने उसे अपनी पढ़ाई पूरी करने को कहा।

'1857 स्मारक के बिल्ले' के मामले में अपने अंग्रेज़ सहपाठी की अच्छी-खासी पिटाई करने के बाद मदनलाल जहाँ भारतीय विद्यार्थियों में हीरो बन गये वहीं अंग्रेज़ छात्र उनके दुश्मन हो गये।

पंजाब केसरी लाला लाजपत राय के भाषण से प्रभावित होकर मदनलाल नियमित रूप से बन्दूक चलाने का अभ्यास करने लगे।

एक बार इंडिया हाऊस के तहखाने में सावरकर और श्याम बिहारी वर्मा एक बम बनाने की तैयारी कर रहे थे। वहीं उनके पास मदनलाल भी खड़ा था। सावरकर और श्याम बिहारी बात करते-करते राजनैतिक बहस में उलझ गये। उन्हें यह भी ध्यान नहीं रहा कि वह कहाँ खड़े हैं और क्या कर रहे हैं। मदनलाल भी उनके बहस में रस ले रहे थे। अचानक मदनलाल ने देखा कि स्टोव पर रखा द्रव पदार्थ गरम होते-होते उबलने लगा है। मदनलाल ने, तुरन्त नंगे हाथों से उबलता बर्तन स्टोव से उतारा। यदि एक क्षण की भी देर हो जाती तो विस्फोट हो जाता और सभी की मृत्यु हो जाती। मदनलाल ढींगरा की हथेलियां बुरी तरह झुलस गईं, सारे कमरे में चमड़ी जलने की दुर्गन्ध फैल गई।

मदनलाल ने न केवल उन दोनों की जान बचाई वरन् इंडिया हाऊस को भी बचाया, अगर अंग्रेज़ सरकार को विस्फोट का पता चल जाता तो इंडिया हाऊस के सभी छात्र जेल में होते।

आज से सावरकर तथा श्याम बिहारी वर्मा के दिल में मदनलाल ढींगरा के प्रति श्रद्धा पैदा होने लगी और उन्होंने उसकी दिलेरी और हिम्मत भी दाद दी। सावरकर के मन में मदनलाल के प्रति आदर और प्रेम की भावना उत्पन्न हो गई।

7

'इंडिया ऑफिस'

'इंडिया हाऊस' के अन्दर रहने वाले भारतीय छात्रों की भावना और मनोभाव, जब लंदन की अंग्रेज़ सरकार तक पहुँचे तो लंदन की सरकार भारतीय छात्रों की गतिविधियों को लेकर चौकन्ना हो गई। इंडिया हाऊस में आने वाले प्रत्येक भारतीय विद्यार्थी पर निगरानी रखी जाने लगी।

सर कर्जन वायली की अध्यक्षता में लंदन की अंग्रेज सरकार ने 'इंडिया ऑफिस' खोला जो ऊपरी तौर पर, भारतीय छात्रों की सुविधा के लिए तथा उनके हितों की रक्षा के लिए, खुला था। पर अंदरुनी तौर पर 'इंडिया ऑफिस' का कार्य इंग्लैंड में भारतीय विद्यार्थियों के कार्य-कलापों पर निगाह रखना था।

सर कर्जन वायली जिनकी अध्यक्षता में 'इंडिया ऑफिस' खोला गया, वह एंग्लो इंडियन थे और इन्होंने भारत में ब्रिटिश सेना में वरिष्ठ अधिकारी के रूप में कार्य किया था। इसके बाद वह ब्रिटिश प्रशासनिक सेवाओं के सदस्य बने जिसके कारण वह भारत में और नेपाल के कई राज्यों में रेजीडेंट कमिश्नर रहे। अजमेर प्रभाग के काफी समय तक चीफ कमिश्नर भी रहे। सरकारी सेवा के दौरान सर कर्जन वायली, मदनलाल ढींगरा के छोटे भाई कुंदनलाल के मित्र हो गये थे, और बाद में उनकी यह मित्रता पारिवारिक सम्बन्धों में परिवर्तित हो गई थी, जिससे उनके पिता डॉ. दित्तामल अत्यंत प्रसन्न थे।

सरकारी सेवा से रिटायर होने के पश्चात् सर कर्जन वायली लंदन चले गये। वहाँ वह भारत के राज्य सचिव के राजनैतिक सलाहकार तथा 'इंडिया ऑफिस' के अध्यक्ष बने। साथ ही 'ढींगरा' परिवार से उनका सम्पर्क भारत में लगातार बना रहा।

'इंडिया ऑफिस' के जासूसों द्वारा 'इंडिया हाऊस' के छात्रों पर निगाह रखी जाने लगी। एक-एक भारतीय छात्र की गतिविधियों की सूचना सर कर्जन वायली को मिलती थी। भारतीयता के प्रचार व स्वाधीनता के संघर्ष में जुटने वालों को दण्ड दिलवाना यही उनका मुख्य कार्य था।

सर कर्जन वायली भारत में जब अजमेर प्रभाग का चीफ कमिश्नर था तब श्याम जी कृष्ण वर्मा (लंदन के इंडिया हाऊस) के संस्थापक राजस्थान में उदयपुर राज्य की परिषद् के सदस्य थे। 1896 में जब लार्ड एल्विन ने, उदयपुर स्टेट का दौरा किया तब विलियम कर्जन वायली ने श्याम जी कृष्ण वर्मा की चुगली लार्ड एल्विन से की तथा श्याम जी कृष्ण वर्मा को उदयपुर स्टेट की राजकीय सेवा से बेदखल कर दिया था। श्याम जी कृष्ण वर्मा के लिए यह घटना उनके जीवन में आमूलचूल परिवर्तन करने वाली साबित हुई। उन्होंने प्रतिज्ञा की "मैं भारत में अंग्रेज़ों का राज्य समाप्त करूँगा, और इसी प्रयास में मैं अपना सम्पूर्ण जीवन लगा दूँगा।"

इसीलिए श्याम जी कृष्ण वर्मा बाद में लंदन चले गये और वहाँ 'इंडिया हाऊस' की स्थापना की, जिसकी संचालन व्यवस्था विनायक दामोदर सावरकर करते थे। 'इंडिया हाऊस' में क्रान्तिकारी विचारधारा के विद्यार्थी रहते थे। उन विद्यार्थियों की जासूसी करने के लिए ही लंदन की ब्रिटिश सरकार ने 'इंडिया ऑफिस' बनाया था। जिसका अध्यक्ष सर विलियम कर्जन वायली को बनाया गया, जो भारत में ब्रिटिश राज की नौकरी से रिटायर होने के बाद इंग्लैंड चला गया था। 'इंडिया हाऊस' के हर छात्र की गतिविधी का ब्यौरा कर्जन वायली के पास था।

मदनलाल ढींगरा के व्यक्तित्व के बारे में 'कर्जन वायली' के पास ब्यौरा था कि "इसके व्यक्तित्व में सारे गुण कवियों जैसे है। क्रान्तिकारियों से इसका किसी भी प्रकार से सम्बन्ध नहीं हो सकता।"

वास्तव में मदनलाल तो पक्का क्रान्तिकारी बन चुका था। मदनलाल ढींगरा रोजाना 'इंडिया हाऊस' के अलावा 'इंडिया ऑफिस' भी जाने लगा। मदनलाल ढींगरा 'इंडिया ऑफिस' का भी सदस्य बन गया।

इंडिया हाऊस के छात्रों ने जब मदनलाल ढींगरा को इंडिया 'ऑफिस' में आते जाते देखा तो उन्होंने उसे देशद्रोही और गद्दार कहकर पुकारा। एक दिन मदनलाल ढींगरा अपने कालेज में एक बैज लगाकर गये जिस पर लिखा था। 'शहीदों की स्मृति में'।

किसी भी सहपाठी ने 'बैज' पर आपत्ति नहीं की क्योंकि वे पिछली बार बैज पर अपने एक सहपाठी को मदनलाल के हाथों बुरी तरह पिटता देख चुके थे। परन्तु कक्षा के 'अध्यापक' ने, उसे तुरन्त बैज उतारने को कहा। मदनलाल

ने बैज हटाने से इन्कार कर दिया। अध्यापक ने उसे प्रिंसिपल के पास भेज दिया।

प्रिंसिपल ने भी बैज उतारने का आदेश दिया, परन्तु मदनलाल ने, बैज उतारने से इन्कार कर दिया। तब विवश होकर प्रिंसिपल ने आर्थिक दंड देने का आदेश कर अपनी प्रतिष्ठा बचाई। मदनलाल ने तुरन्त अर्थ दंड भरा। कालेज के अध्यापक, मदनलाल को कालेज में रखने के पक्ष में नहीं थे। परन्तु प्रिंसिपल अधिक बखेड़ा नहीं करना चाहते थे। इस घटना-क्रम के बाद भी मदनलाल ढींगरा के स्वभाव में कोई अन्तर नहीं आया। वह सदा की भांति मुस्कुराते रहते।

इस घटना के बाद एक दिन पहले इंडिया हाऊस में कुछ छात्र उपस्थित थे। जापानियों के साहस और बलिदान की बात चल रही थी, कि अचानक बीच में मदनलाल ढींगरा बोल उठा कि "हिन्दुस्तानी भी किसी जापानी से साहस और बलिदान में कम नहीं हैं। क्या तुम लोग समझते हो कि हिन्दू उनसे किसी भी प्रकार कम हैं? समय आने दो, हिन्दू अपना कर्तव्य सारी दुनिया को दिखा देगा"।

सारे मित्रों ने मदनलाल के वाक्यों को मजाक में उड़ा दिया, केवल सावरकर ने ही उसकी आंखों में संकल्प को पढ़ लिया। वे तुरन्त एक लम्बा सुआ लाये और उसके हाथ के पंजे पर चुभोना शुरू किया। मदन लाल ने उफ तक नहीं की। पूरा सुआ उसकी हथेली के आर-पार हो गया। खून टपकने लगा परन्तु मदन लाल मुस्कुराता रहा।

सावरकर ने मदनलाल को सीने से लगा लिया, उसी दिन से दोनों में आत्मीयता बढ़ने लगी थी। दोनों एक-दूसरे के दिल में बस गये।

ढींगरा में शारीरिक कष्ट सहन करने की अपार क्षमता थी। वह व्यर्थ की बातों और निरर्थक चर्चाओं से घृणा करते थे।

एक बार 'इंडिया हाऊस में एक मीटिंग चल रही थी। सावरकर के भाषण के अतिरिक्त अन्य किसी का भांषण मदनलाल को अच्छा नहीं लगता था। सावरकर के भाषण के बाद मदनलाल उठ गया। अन्य छात्रों को उनकी यह बात बहुत अखरी! थोड़ी देर बाद मदनलाल के कमरे से, लाउडस्पीकर और ग्रामोफोन पर गानों की आवाज जोर-जोर से आने लगी। कुछ छात्र गानों पर नाचने लगे।

'इंडिया हाऊस में चल रही मीटिंग में बाधा पड़ने लगी। सावरकर जी को मदनलाल पर अत्यंत क्रोध आया।

सावरकर जी भाग कर बाहर आये। मदनलाल ढींगरा को वहाँ देखकर उन्हें बड़ा सदमा पहुँचा। वह इतने क्रुद्ध हुए कि उन्हें लगा कि ढींगरा की मरते दम तक पिटाई की जाये।

"मदन! यह गंदा संगीत बंद करो।" वे बरस पड़े।

ढींगरा ने बात मान ली।

क्रुद्ध स्वर में उन्होंने कहा, "मदन तुम्हें अपने आप पर शर्म आनी चाहिए! भीतर सभा चल रही है तुम उसमें सम्मिलित नहीं हुए इसके विपरीत यहाँ अपनी मूर्खता प्रकट कर रहे हो। सभा से बाहर तो हो ही, साथ ही जो लोग सभा में हैं उनके लिए बाधक बन रहे हो। ओह तुम पर लज्जा आती है मदन! तुम्हारा व्यवहार यदि यही है तो फिर अंतिम क्षणों तक स्वतंत्रता के लिए लड़ने की बड़ी-बड़ी बातों का क्या अर्थ है?

ढींगरा का सिर लज्जा से झुक गया। वह चुपचाप इंडिया हाऊस से चले गए। कुछ समय बाद जब सावरकर का गुस्सा शांत हुआ तो उन्हें अपने व्यवहार पर क्षोभ हुआ जो उन्होंने मदनलाल के साथ किया था।

दो महीने गुजर गये, परन्तु मदनलाल इंडिया हाऊस नहीं आया, परन्तु इंडिया आफिस मदनलाल लगातार जाता रहा, जिसके अध्यक्ष सर कर्जन वायली थे, ताकि उन्हें अंग्रेज़ सरकार की गतिविधियों का पता चलता रहे।

इंडिया हाऊस में भारतीय छात्र, मदनलाल को बहुत याद करते, क्योंकि वह सावरकर द्वारा डांट दिये जाने के पश्चात फिर 'इंडिया हाऊस' में नहीं आया। परन्तु सावरकर को विश्वास था कि एक दिन वह जरूर आयेगा, क्योंकि भारत की स्वतंत्रता की अग्नि को उसके भीतर सावरकर ने परख लिया था।

अब मदनलाल ढींगरा ने अपने मित्रों के साथ मिलकर 'टेढ़ी बियर क्लब' की स्थापना की। जिनमें जवाहर लाल नेहरू (जो उस समय इंग्लैंड में पढ़ रहे थे) सैय्यद महमूद सिकंदर हयात खां, सरदार मुखबेन सिंह तथा सैफुद्दीन किचलू भी शामिल थे।

8

कानूनी संस्था 'बेंचर्स' में प्रवेश रोक

मार्च 1909 के तीसरे सप्ताह में, डॉ. दित्तामल ढींगरा का पारिवारिक मित्र सर विलियम कर्जन वायली रिटायर होने के बाद इंग्लैंड जाने की तैयारी कर रहा था। ब्रिटिश साम्राज्य को भारत तथा भारत के पड़ोसी देशों (नेपाल) में मजबूत बनाने में वायली की महत्त्वपूर्ण भूमिका रही थी। वह एक कोमल स्वभाव का कठोर अनुशासन वाला जिम्मेदार अंग्रेज़ अफसर था। मदनलाल ढींगरा के बड़े भाई कुन्दनलाल ढींगरा ने सर वायली के इंग्लैंड जाने से पूर्व उनसे भेंट की, क्योंकि ढींगरा परिवार उनका मित्र था।

कुन्दनलाल ढींगरा ने वायली से अनुरोध किया कि वे लंदन जा रहे हैं अतः वह वहाँ पहुँचकर, उसके छोटे भाई मदनलाल ढींगरा से अवश्य मिलें और उसे अपने देश में अपना संरक्षण प्रदान करें, क्योंकि वह वहाँ इन्जीनियरिंग की पढ़ाई करने गया हुआ है।

13 अप्रैल, 1909, को वायली ने मदनलाल ढींगरा के नाम 'इंडिया हाऊस' के पते पर एक पत्र लिखा जिसमें उन्होंने लिखा।

'Your Brother, Mr. Kundan Lal Dhingra, whose acquaintance I had the pleasure of making in London and asking me to be of any assitance I can to you.

I expect to be abroad from the 15th to 30th April, but on my return I shall be very pleased to see you at the India House if you can conveniently call between 11 and 1 or 2:30 and 3:30.

I remain
Your Faithfully
WHC Wyllie Lt. Col.

मदनलाल को जब यह पत्र मिला तो वह स्तब्ध रह गया क्योंकि वह तो निश्चय कर चुका था कि सारे अंग्रेज़ अधिकारी जो भारत में अपनी क्रूर भूमिका निभा रहे हैं, उसके दुश्मन हैं। मदनलाल ने सोचा कि ऐसा न हो कि "वायली मेरी तलाश में इंडिया हाऊस तक आ जाये तब तो उससे मेरा राज छिप न सकेगा।" इसलिए उसने वायली के पत्र का कोई उत्तर नहीं दिया। वायली भी इसीलिए इंडिया हाऊस उससे मिलने नहीं आया।

30 अप्रैल, 1909 को, ब्रिटेन की कानूनी संस्था 'बेचर्स' ने श्याम जी कृष्ण वर्मा (लंदन में 'इंडिया हाऊस' के संस्थापक) के उनके फ्रांस से प्रकाशित होने वाले अखबार 'THE INDIAN SOCIOLOGIST' के लेखों के कारण उनकी लंदन की अदालत में प्रवेश पर पाबन्दी लगा दी। उन पर आरोप लगाया गया कि वे ब्रिटिश हुकूमत के विरोध में उत्तेजक लेख लिखकर भारत में अंग्रेज़ों की शांति भंग कर रहे हैं।

यह समाचार सुनते ही सावरकर बौखला गये। उन्होंने इसका खुलकर विरोध किया। इसके बाद 'बेंचर्स' ने सावरकर और हरनाम सिंह के भी कोर्ट में प्रवेश पर पाबन्दी लगा दी। 8 मई, 1909 को इंडिया हाऊस में 'शहीद दिवस' (Martyr's Day) मनाया गया। इस अवसर पर विनायक दामोदर सावरकर ने ब्रिटिश हुकूमत को आड़े हाथों लिया।

9 जून, 1909 को भारत में ब्रिटिश सरकार ने उनके बड़े भाई गणेश दामोदर सावरकर (जिन्हें आत्मीयता से बाबाराव कहा जाता था) को उनकी राष्ट्रभक्ति की कविताओं के कारण कालेपानी की सजा दी। अंग्रेज़ सरकार का आरोप था कि उनकी कविताओं के कारण भारत में क्रान्ति हो सकती है।

बड़े भाई की गिरफ्तारी की खबर सुनकर सावरकर उत्तेजित हो गये। वे जानते थे कि भारतीय दंड संहिता की धारा 121 तथा 124 के तहत उनके भाई की गिरफ्तारी उनके भाई के जीवन को तबाह कर देगी।

सावरकर ने इंडिया हाऊस में आपात बैठक बुलाई। इस बैठक को सम्बोधित करते हुए सावरकर ने चुनौती दी "जब तक भारत में तथा ब्रिटेन में अंग्रेज़ों द्वारा भारतीयों के साथ किये जा रहे अत्याचारों का बदला नहीं लूँगा, तब तक मैं चैन से नहीं बैठूंगा"।

आज 'इंडिया हाऊस' में मदनलाल भी आया, वह भी बैठक में शामिल हुआ। सावरकर के भाई गणेश की भारत में गिरफ्तारी ने मदनलाल को हिलाकर रख दिया। सावरकर के दुख को मदनलाल निजी पीड़ा मानता था।

गिरफ्तारी के अगले दिन ही (9 जून, 1909) जब सर कर्जन वायली लंदन में अपनी मोटर पर सवार होकर जा रहा था। तभी पेड़ों के झुटमुट के बीच

में मदनलाल ने, उस पर गोली चला दी। संयोग से गोली सर कर्जन वायली को बिना कोई नुकसान पहुँचाये ही भटक गई। सर कर्जन वायली की जान बच गई। जब तक मोटर रुकी और गोली चलाने वाले को ढूंढ़ा गया तब तक मदनलाल झाड़ियों के पीछे से गायब हो चुका था।

सावरकर को जब इस घटना का पता चला तो वह तुरन्त समझ गये कि इस घटना के पीछे किसका हाथ है। इंडिया हाऊस में आने पर सावरकर ने, मदनलाल को चेताया कि 'बिना योजना बनाये, कोई काम ठीक से नहीं होता! इस गोलाबारी से कर्जन वायली के बच निकलने का यही कारण है।'

मदनलाल ढींगरा

9

संकल्प और एक्शन

एक दिन अचानक शाम के समय, मदनलाल इंडिया हाऊस में आये। आते ही वह सावरकर से मिले। उस समय कोई तीसरा व्यक्ति वहाँ नहीं था। 'सावरकर जी! अब मुझे बताइये क्या अपने प्राणों को न्यौछावर करने का समय मेरे लिए आ गया है? मदनलाल ने सावरकर से आंखों में आंखे डालकर पूछा।

"मदन भाई! स्वयं को बलिदान कर देने के लिए तत्पर व्यक्ति जब यह अनुभव करता है कि आत्म बलिदान का समय आ गया है तो समझ लेना चाहिए कि समय आ गया है" सावरकर जी ने उत्तर दिया।

"तब तो सावरकर जी, मैं तैयार हूँ" ढींगरा ने कहा।

सावरकर उन्हें अपने कमरे में ले गये। बहुत देर तक दोनों में बातचीत होती रही। ढींगरा के जीवन की महानतम घटना की पृष्ठभूमि तैयार हो गई। योजना को सफल बनाने के लिए मदन लाल ने एक नई पिस्तौल खरीदी और उससे निशाना लगाने का लगातार अभ्यास करता रहा।

उस समय लंदन में एक संस्था थी उसका नाम था 'नेशनल इंडियन एसोसिएशन'। उच्च शिक्षा के लिए इंग्लैंड जाने वाले युवकों को अंग्रेज़-प्रशंसक बनाना ही उस संस्था का कार्य था। सभी प्रकार के अवगुण सिखाकर देशभक्त भारतीय युवकों को यह संस्था भारत से नफरत करने की सीख देती थी। कु. एमा जोसेफाइन बैक नामक एक महिला इस संस्था की सचिव थी।

मार्च 1909 में ढींगरा इस संस्था के कार्यालय में गया था। उसने कु. ऐमा बैक से मित्रता बनाई तथा वह इस संस्था के 'जौली क्लब' का सदस्य भी हो गया।

अंग्रेज़ सरकार ने बड़ी चालाकी से एक समिति गठित की थी जो भारतीय युवकों में अपने (भारत) देश के प्रति जहर भरने का कार्य करती थी। सर

विलियम कर्जन वायली इस समिति के तीन महत्त्वपूर्ण सदस्यों में एक था। वह बहुत शातिर दिमाग था! मीठा बोलकर दूसरों के मस्तिष्क में भारत के प्रति जहर भरने में वह बहुत कुशल था। वह लंदन में भारत के राज्य सचिव का सलाहकार भी था। अपनी कुटिल योजनाओं को क्रियान्वित करने के उसे बहुत से अवसर मिले थे। वह उन भारतीय छात्रों को जो भारत की स्वतंत्रता के लिए कार्य करते थे, कड़ा दण्ड दिलवाता था। इसलिए भारतीय विद्यार्थी उससे बहुत घृणा करते थे और मौका मिलते ही उसे समाप्त कर देना चाहते थे। मदनलाल ढींगरा भी उसकी हत्या करने के लिए उचित अवसर की तलाश में था।

मदनलाल पूरी योजना बनाकर कर्जन वायली को मारना चाहता था। एक दिन मदनलाल ढींगरा नेशनल इंडियन एसोसिएशन के दफ्तर में कुमारी 'ऐमा बैक' से मिला। काफी देर इधर-उधर की बात होती रही। बातों-ही-बातों में जब मदनलाल ने ऐमा को शाम को कहीं बाहर मिलने का कार्यक्रम बनाने को कहा तब ऐमा ने अपनी असमर्थता जताते हुए कहा कि वह इन दिनों बहुत व्यस्त है क्योंकि 1 जुलाई, 1909 को लंदन के 'इंस्टीट्यूट ऑफ इम्पीरियल स्टडीज' का 'जहाँगीर हाऊस' में एक भव्य समारोह आयोजित होने वाला है। जिसकी अध्यक्षता सर कर्जन वायली करेंगे। मदनलाल का मन बल्लियों उछलने लगा। उसे अपना सपना अब सच होता हुआ लगने लगा। उसने ऐमा से, समारोह के विषय में पूरी जानकारी एकत्रित कर ली! 20 जून को ढींगरा गुप्त रूप से सावरकर जी से मिले। उन्होंने सावरकर जी को अपने इरादे और योजना समझाई। सावरकर जी योजना सुनकर प्रसन्न हो गये।

1 जुलाई, 1909 को गुरुवार था। ढींगरा ने भारत के अपमान का बदला लेने का संकल्प कर लिया था। आज सावरकर लंदन में नहीं थे बल्कि अपने एक व्यक्तिगत काम से इंग्लैंड के रीडिंग नामक कस्बे की यात्रा पर गये थे।

ढींगरा ने दिन का भोजन जल्दी करके आराम किया। सायं साढ़े तीन बजे कोल्ट रिवाल्वर तथा बेलजियम में बनी अपनी पिस्तौल लेकर वह प्रशिक्षण संस्था में चला गया। वहाँ 12 गोलियाँ दागकर अपनी निशानेबाजी को और अधिक अचूक बनाया।

शाम को छः बजे वह घर लौटा, जल्दी-जल्दी हाथ-मुँह धोये, कपड़े बदले, सिर पर पंजाबी ढंग की नीली पगड़ी बांधी, शानदार सूट पहना, नेक टाई बाँधी और आंखों पर काला चश्मा पहना। कोट की जेबों में एक रिवाल्वर, दो पिस्तौल तथा दो चाकू रखे।

1 जुलाई, 1909, जहाँगीर हाऊस' में 'नेशनल इंडियन ऐसोसिएशन' का वार्षिक समारोह था जिसमें अनेक ब्रिटिश अधिकारियों तथा सम्मानित ब्रिटिश

नागरिकों को आमंत्रित किया गया था। भारतीय मूल के छात्र, व्यवसायी भी उपस्थित थे। पूर्व चीफ कमिश्नर (1895-1898) सर चार्ल्स ल्याल तथा लेडी ल्याल आयोजन में पहुँचने वाले अतिथियों का स्वागत कर रहे थे। लगभग 200-250 मेहमान उपस्थित हो गये थे। लगभग आठ बजे मदनलाल ढींगरा भी समारोह में पहुँच गया। ढींगरा की महिला मित्र कुमारी ऐमा बैक उसका अभिनन्दन करने आई। मदनलाल ने भी ऐसा व्यवहार किया कि वह उससे मिलकर बहुत प्रसन्न है।

रात के दस बज गये। मदनलाल बार-बार मुख्य द्वार की ओर देख रहा था। वायली अब तक समारोह में नहीं आया था। लगभग साढ़े दस बजे सर विलियम कर्जन वायली अपनी पत्नी लेडी वायली के साथ समारोह में पहुँचे। इससे पहले वे 'बाम्बे मिल' के मालिक फाजल भाई करीम भाई अब्राहिम के साथ लंदन के सेवाय होटल में डिनर ले रहे थे। इसलिए वे इम्पीरियल इन्स्टीट्यूट के समारोह में देर से पहुँचे थे।

इन्स्टीट्यूट के जहाँगीर हाल में संगीत की धुन चल रही थी। लगभग आधे घंटे तक वायली अपनी पत्नी के साथ परिचित व अपरिचित लोगों के बीच घिरे कार्यक्रम का आनंद लेते रहे। सर वायली आज बड़े प्रसन्न थे। ज्यों ही रात के ग्यारह बजे, समारोह के समापन की घोषणा की गई। अतिथि समारोह स्थल से उठकर जाने वाले दूसरे अतिथियों से विदा लेने लगे।

सर कर्जन वायली अपनी पत्नी का हाथ पकड़े हुए परिचित चेहरों से विदा लेते हुए जहाँगीर हाल से बाहर निकले। सर वायली ने दरवाज़ा पार किया और भारतीय युवकों से बात करने लगे। बात करते-करते थोड़ा खुले में आ गये। इनमें से एक युवक मदनलाल ढींगरा था। सीढ़ियों के बराबर से बाहर निकलते ही ढींगरा सर वायली के सामने आ गया। वह उनसे कुछ कह रहा था और सर वायली और उसके बीच एक गज का फासला था।

यकायक मदनलाल ढींगरा ने, अपने कोट की जेब में हाथ डाला और फुर्ती से एक बैल्जियम रिवाल्वर निकाला, इससे पहले की सर वायली कुछ समझ पाता उसने रिवाल्वर की नोक सर वायली के चेहरे पर टिकाई और ताबड़-तोड़ गोलियाँ दाग दी।

दो गोलियों कर्जन वायली की गर्दन में लगी तथा दो कर्जन की छाती में। कर्जन एक चीख के साथ धराशायी हो गया। ढींगरा ने दो गोली उस पर और दागी। वह मर चुका था। इस बीच एक पारसी डॉक्टर कावस खुर्शीद जी लालका सर वायली को बचाने के लिए झपटा तो मदनलाल ने उस पर भी गोली दागी। उसकी भी मृत्यु सेन्ट जार्ज अस्पताल ले जाते हुए रास्ते में हो गई।

जिस समय मदनलाल ढींगरा ने, कर्जन वायली को गोली मारी थी उस समय सैफुद्दीन किचलू (जो बाद में 13 अप्रैल, 1919 को जलियाँवाला के हीरो बने) माईक पर 'सारे जहाँ से अच्छा हिन्दुस्तां हमारा' गा रहे थे। सैफुद्दीन किचलू ढींगरा के घनिष्ठ मित्र थे। जनाब सिकंदर हयात खाँ भी उनके मित्र थे। लंदन पुलिस की तफ्तीश के बाद यह साबित हुआ कि विनायक दामोदर सावरकर के साथ, सैफुद्दीन किचलू भी मदनलाल ढींगरा की उस आतंकवादी कार्यवाही में अप्रत्यक्ष रूप से शामिल थे।

जहाँगीर हाल में कोलाहल मच गया। लोग हक्का बक्का होकर कांपने लगे। कुछ चिल्लाए 'पकड़ो। उसे मारो' मदन मोहन सिन्हा नामक एक व्यक्ति हथियार छीनने के इरादे से ढींगरा की ओर दौड़ा तो उन्होंने अपने बायें हाथ से उसके गले पर ऐसी जबरदस्त चोट की कि उसकी गर्दन की हड्डी टूट गई। सूजन आ गई। उसके मुंह से खून आने लगा। परन्तु उसने फिर भी ढींगरा को नहीं छोड़ा, पीछे से सर लीजली झपट पड़े, मिस्टर थारबॅन ने भी मदनलाल को दबोच लिया।

इन सब घटनाओं के बीच ढींगरा शान्त थे। लोगों ने मदनलाल को पकड़ रखा था। कोई बेचैनी नहीं, कोई घबराहट नहीं। वे मुस्कुरा रहे थे। पुलिस आई उन्हें गिरफ्तार कर लिया गया। वे मुस्कुरा रहे थे "एक मिनट रुकिये मैं अपना चश्मा पहन लूँ" कहा और चश्मा पहन लिया। एक डॉक्टर आया उसने ढींगरा की नब्ज परखी। वह हमेशा की तरह सामान्य थी। डॉक्टर स्वयं सिर से पैर तक कांप रहा था।

ढींगरा ने, इतनी भयंकर हत्या की थी परन्तु वे जरा भी भयभीत नहीं थे। यह उनकी दृढ़ मान्यता थी कि उन्होंने जो कुछ भी किया उचित ही किया। पुलिस उन्हें थाने ले गयी। उसे मजिस्ट्रेट के सामने पेश किया गया। मजिस्ट्रेट ने सात दिन तक पुलिस रिमान्ड देकर हिरासत में ही 'पेण्टोन्विली जेल' में रखने का आदेश दिया, जहाँ रातों रात ही ढींगरा को जेल पहुँचा दिया गया।

जेल में अधिकारियों ने ढींगरा से वायली को मारने का कारण जानना चाहा। ढींगरा ने कोई उत्तर नहीं दिया। तभी मिस्टर रोलेस्टन ने उसका नाम पूछा। उसने बिना उनकी ओर देखे जबाव दिया 'ढींगरा'।

जेल में पुलिस दल ने सबसे पहले ढींगरा की तलाशी ली। पुलिस को उसकी पेंट की दाहिनी जेब से छः इंच चैम्बर वाला छोटा रिवाल्वर मिला जिसमें पूरी छः गोलियाँ भरी थीं। चमड़े की म्यान में एक कटार थी। कागजों का एक बंडल तथा बहुत से कागजों के टुकड़े। एक छोटा चाकू कुछ चाभियाँ, छः सात शिलिंग, केस में रखा हुआ एक चश्मा, एक रूमाल तथा एक धूप का चश्मा, तलाशी में मिला।

मदनलाल को जेल भेजने के बाद पुलिस उस लॉज में पहुँची जहाँ वह रहता था। उसके लॉज की तलाशी ली गई। पुलिस को रूसी कलाकार वेर स्वेगन की बनाई हुई, एक पेंटिंग मिली, जिसमें एक अंग्रेज़ सिपाही एक भारतीय विद्रोही को बन्दूक की बट से पीटता हुआ दिखाया गया था। लार्ड कर्जन की एक तस्वीर मिली जिस पर पेन्सिल से लिखा था।

"He – a damn Dog".

पुलिस उसके 108 लैड बरी रोड स्थित निवास स्थान पर भी गई। वहाँ तलाशी में पुलिस को 63 कारतूस, सात कारतूसों वाली एक मैग्जीन, एक बन्दूक चलाने का लाइसेंस जो 26 जनवरी, 1909 को जारी किया गया था। एक रिकार्ड बुक जिसमें 15 मई से लेकर 29 मई तक पिस्तौल चलाने की ट्रेनिंग का पूरा ब्यौरा था। 5 कारतूसों के खोल बरामद हुए। अन्य सबूत भी पुलिस के हाथ लगे जिनसे पुष्टि हुई कि 26 जनवरी, 1909 को मदनलाल ने 'मैसर्स गैमेज लिमिटेड' से एक पिस्तौल तथा कोल्ट ऑटोमैटिक मैग्जीन खरीदी थी और उसी दिन से उसने गोली दागने का प्रशिक्षण लेना प्रारंम्भ किया था। 26 जनवरी, 1909 से लेकर 1 जुलाई, 1909 तक मदनलाल ने, पिस्तौल से निशाना लगाने का प्रशिक्षण लगातार लिया।

मदनलाल ढींगरा

हिरासत में पुलिस ने कड़ी पूछताछ की परन्तु ढींगरा ने किसी प्रश्न का उत्तर नहीं दिया। डिटेक्टिव इन्स्पैक्टर अल्बर्ट ड्रेपर ने ढींगरा से पूछा "तुम अपने किसी रिश्तेदार या दोस्त से मिलना चाहते हो?" ढींगरा ने सहज रूप से कहा। "मैं नहीं चाहता कि जो मैंने किया है उसकी सूचना किसी को दी जाये, सूचना खुद पहुँच जायेगी।" पारसी डॉक्टर लालका की मृत्यु का उसे बहुत अफसोस था। उसने पुलिस को कहा–

The only thing that I want to say is that there was no wilful murder in the case of Dr. Lalca. I did not know him. When he advanced to get hold of me, I simply fired in self defence.

पुलिस ने हिरासत में मदनलाल की टाई और जूते के फीते इस आशंका से खोलकर उतार लिये कि कहीं वह हिरासत में आत्महत्या न कर ले। तब उसने फब्ती कसते हुए कहा था "आप बिना वजह शक कर रहे हैं कि मैं खुदकुशी नहीं करुँगा। मुझे अपने किये पर कोई पछतावा नहीं है। मैं बहुत प्रसन्न हूँ कि मैंने वही किया जो मेरी आत्मा ने मुझसे करने को कहा था। मेरी जिन्दगी का मकसद पूरा हुआ। आने वाली पीढ़ियाँ मेरे कार्य को उचित ठहराएंगी, ऐसा मुझे पक्का विश्वास है।"

पुलिस की हिरासत में मदनलाल उस रात गहरी नींद सोया।

ढींगरा की गिरफ्तारी के बाद इसकी प्रतिक्रिया ब्रिटेन सहित सभी यूरोपीय देशों में हुई। भारत में तो इस खबर से लोग सकते में आ गए थे।

पुलिस ने गहरी छानबीन शुरू की। बड़ी तेजी से सबूत जुटाए गए।

सर कर्जन वायली की हत्या के बाद ढींगरा इस तरह शांत हो गया, जैसे उसे मुंह मांगी मुराद मिल गई हो। ढींगरा जानता था कि जिस तरह निर्ममतापूर्वक उसने एक लोकप्रिय अंग्रेज़ अफसर की हत्या की है, उससे कोई बेखबर नहीं रहेगा। वह जानता था कि उसके पिता इस हत्या की कड़ी निन्दा करेंगे और वे उसे अपना बेटा कहने में भी शर्मिंदगी महसूस करेंगे। कर्जन वायली से उनकी मित्रता होने के कारण और उनकी मानसिकता अंग्रेज़ समर्थक होने के कारण उनसे तनिक भी सहानुभूति की उम्मीद नहीं की जा सकती। भारत के सभी राजनयिक उसे हिंसा फैलाने का दोषी मानेंगे और उससे कोई भी संबंध होने से साफ इनकार कर देंगे, फिर भी वह बहुत खुश था, उसने वही किया था जो उसके अंदर की आवाज ने उससे करने को कहा था। उसकी अपनी सोच जो बन गई थी, उसने उसका इरादा मजबूत किया था और उसने बड़ी सफलतापूर्वक अपने इरादे के अनुसार कार्रवाई की थी।

अब अंजाम क्या होगा, इसकी उसे परवाह नहीं थी। वह जानता था कि उसे ब्रिटिश हुकूमत बागी करार देगी, हत्यारा ठहराएगी और फांसी पर चढ़ा देगी। वह इस सबके लिए पूरी तरह तैयार था।

जेल में अनेक मित्र उससे मिलने आए। सबने यही पाया कि वह अपने कृत्य पर गर्व का अनुभव कर रहा था और पूरी तरह शांत व प्रसन्न था।

सावरकर तथा अन्य सहयोगियों ने उससे अपने बचाव में वकील करने के लिए बार-बार जोर दिया, हर बार ढींगरा ने इस बात से इनकार कर दिया। उसका कहना था– "जब मैंने यह स्वीकार कर लिया है कि इस अंग्रेज़ अफसर की हत्या मैंने अपने पूरे होशोहवास में की है तो वकील की क्या आवश्यकता है? अदालत ने यदि मुझसे कर्जन वायली की हत्या का मकसद जानना चाहा और मेरे इस कदम की वजह की तह में जाने में दिलचस्पी ली तो इसका जबाव मैं स्वयं दूंगा।"

10

तूफान के बाद

1 जुलाई, 1909 के बाद मदनलाल ढींगरा का नाम दुनिया के हर कोने में फैल गया। दुनिया के सब समाचार-पत्रों में मदनलाल ढींगरा के 1 जुलाई को किये गये कारनामें की चर्चा थी। यह समाचार भारत में भी पहुँचा तथा डॉ. दित्तामल के परिवार में भी।

डॉ. दित्तामल ने तुरन्त एक वक्तव्य जारी किया "इसने मेरे नाम को कलंकित किया है। मैं मदनलाल को आज से अपना पुत्र ही नहीं मानता हूँ।"

2 जुलाई की सुबह, लंदन पुलिस कमिश्नर की ओर से शिमला स्थित 'क्रिमिनल इंटेलीजेंस' के डायरेक्टर के नाम एक तार भेजा गया जिसमें लिखा था-. "कल रात ग्यारह बजे, मदनलाल ढींगरा द्वारा जो गुरदासपुर के सिविल सर्जन का पुत्र बताया जाता है, उसी ने सर डब्लू. कर्जन वायली की हत्या कर दी है। उसी के साथ एक पारसी सज्जन जिसका नाम काबस लालका है, मारे गये हैं। अभियुक्त के सम्बन्ध में जानकारी लौटती डाक से भेजें।"

इस तार की प्रतिलिपी कलकत्ता भी भेजी गई, बंगाल की पुलिस को यह डर लगा, कहीं मदनलाल ढींगरा बंगाली न हो।

सावरकर, जब 2 जुलाई को रीडिंग कस्बे से लंदन पहुँचे तब उन्हें मदनलाल ढींगरा के कृत्य के बारे में पता चला। उन्हें अत्यंत प्रसन्नता हुई। परन्तु उन्होंने इस प्रसन्नता को मुखरित नहीं होने दिया क्योंकि इससे लंदन में स्थित सभी भारतीय कठिनाई में पड़ जाते।

कुछ ऐसे भी भारतीय लंदन में थे, जो अंग्रेज़ों के हाथों की कठपुतली थे। वे एक सभा करके ढींगरा के कार्य की निंदा करना चाहते थे। उन्होंने 5 जुलाई, 1909 को लंदन के 'कैक्सटन हाल' में सभा आयोजित करने का निश्चय किया।

ढींगरा के मित्रों को इस सभा आयोजन के बारे में पता चला। सावरकर जी, क्रोधित हो गये। उन्होंने रोष व्यक्त करते हुए कहा–"एक साहसी युवक जो अपने प्राणों को भी न्यौछावर करने को तैयार है, उसने एक साहसिक कार्य किया है। दूसरी ओर ये भारतीय हैं जो उसकी निन्दा करने पर तुले हुए हैं, यह लज्जाजनक बात है।" यह संकल्प लिया गया कि उक्त सभा में ढींगरा के कार्य का निन्दा प्रस्ताव बिना विरोध के पारित न होने दिया जाये।

5 जुलाई, 1909 को सांय 5.30 बजे लंदन में रहने वाले भारतीयों ने मदनलाल ढींगरा के कार्य की निन्दा करने के लिए कैक्सटन हाल में सभा आयोजित की, इसमें बड़ी संख्या में यूरोपीयन भी सम्मिलित हुए।

सभा की अध्यक्षता सर आगा खां ने की। सभा में सुरेन्द्र नाथ बनर्जी व विपिनचन्द्र पाल भी थे। सभा के आयोजकों ने सबसे पहले मदनलाल ढींगरा के छोटे भाई भजनलाल को मंच पर बुलाया। भजनलाल मंच पर आकर खड़ा हो गया। वह इतना दुखी और भावुक था, कि वह एक शब्द भी नहीं बोल पाया।

मंच पर, भजनलाल यह कहने आया था कि वह कर्जन वायली की हत्या की निन्दा करता है। अपने भाई मदनलाल के कृत्य पर उसे अत्यंत खेद है। एक शांति प्रिय और सज्जन अंग्रेज़ की हत्या करके उसके भाई ने गलती की है, परन्तु शब्द उसके गले में अटक गये। वह मंच पर रूआंसा हो गया। तब कुछ लोगों ने मंच पर जाकर उसे संभाला। मंच से अध्यक्ष आगा खां ने सुरेन्द्रनाथ बनर्जी और विपिनचन्द्र पाल को भी दो शब्द कहने के लिए आमंत्रित किया।

सुरेन्द्रनाथ बनर्जी और विपिनचन्द्र पाल के लिए यह बड़ी कठिन घड़ी थी। वे लंदन किसी शिष्ट मंडल के साथ आये हुए थे। वे खुले आम राजनैतिक हत्या का समर्थन नहीं कर सकते थे, क्योंकि वे कांग्रेसी थे यद्यपि उनकी सहानुभूति क्रान्तिकारियों के साथ थी। जब कन्हाईलाल दत्त ने जेल में सरकारी गवाह नरेन गोसाईं को गोली मारी थी तब श्री विपिनचन्द्र पाल अपने अखबार 'बंगाली दैनिक' के दफ्तर में मिठाई बाँटी थी। इस कारण इन दोनों नेताओं ने इस विषय पर भाषण दिया कि किन सामाजिक अवस्थाओं में आतंकवाद का जन्म होता है और कैसे उन कारणों को दूर किया जाये।

सभी वक्ताओं के भाषणों के बाद, अंत में अध्यक्ष सर आगा खां ने 'निंदा प्रस्ताव' की भाषा को पढ़ा। उसकी आवाज थरथरा रही थी। वह इस प्रस्ताव को पढ़ते हुए कांप रहा था। प्रस्ताव यह था–

"The General meeting consisting of all the communities of India and of the bulk of the Indian residents in Great Britain express their horror and indignation with which they in common with the whole people of India view the dastardly crime committed by an obscure and ill-

conditioned Indian youth last Thursday, which resulted in the death of Sir William Curzon Wyllie and also of Dr. LalCaca.

That the meeting considers it a duty towards the British public to assure them that we deplore with feelings of humiliatian this act of henious Crime committed in the metropolitan of the British Empire and beg that it is the act of a fanatic and a mad man and it has aroused the deepest indignation of all the people of India."

प्रस्ताव पढ़ने के बाद आगा खां ने सर्व सम्मति से इस प्रस्ताव को पास करने का अनुरोध किया। आगा खां ने अपनी बात पूरी भी नहीं की थी कि एक आवाज उभरी।

"नहीं यह प्रस्ताव सर्वसम्मत नहीं है।"

पूरी सभा में सन्नाटा छा गया। आगा खां ने बौखलाकर कहा "वह कौन है?"

"मैं सावरकर हूँ, मैं प्रस्ताव का विरोध करता हूँ"–तत्काल ही उत्तर मिला।

एक अंग्रेज़ युवक, 'एडवर्ड पामर' (Edward Palmer) सावरकर पर लपका और उन्हें बाहर फेंकने की धमकी देते हुए, एक घूंसा उनके मुंह पर मारा। सावरकर का चश्मा टूट गया, उनकी नाक से खून टपकने लगा।

उसी समय सावरकर के साथ आये, एम. पी. तिरूमलाचार्य अपना डंडा लेकर उस अंग्रेज़ पर टूट पड़े, जिसने सावरकर को घूंसा मारा था। इससे सभा के स्थल पर मौजूद अनेक लोग भड़क गए और फिर भीड़ सावरकर तथा तिरूमलाचार्य पर टूट पड़ी और उन् दोनों को उठाकर सभा स्थल से बाहर फेंक कर ही मानी। उस सभा में मौजूद मिस्टर खापर्डे ने पूरी घटना तथा उसकी पृष्ठभूमि का वर्णन इन शब्दों में किया–

"मैं दोपहर के बाद मिस्टर पारिख के कक्ष में जाना चाहता था, उसी समय विपिन बाबू (विपिनचन्द्र पाल) आ धमके और बोले–'मेरे साथ मीटिंग मे केक्सटन हॉल चलो। मिस्टर आगा खां, सर एम. भोनेग्री तथा अन्य लोगों ने मिलकर मीटिंग बुलाई है।" हम दोनों सभा स्थल जा पहुँचे। सभा में भारतीय तथा अग्रेंज दोनों समुदायों के लोग मौजूद थे। मिस्टर आगा खां ने प्रस्ताव पढ़ना आरंभ किया। मैं तो उन्हें विद्वान समझता था, परंतु जिस तरह से वह प्रस्ताव पढ़ रहे थे, उससे उनके बारे में मेरा भ्रम टूट गया। आगा खां के बाद जो वक्ता आए, उनकी भाषा भी अच्छी नहीं थी। सैय्यद अमीर अली की भाषा का उच्चारण सुनकर बहुत दुख हुआ।

ज्यों ही प्रथम प्रस्ताव रखा गया, सावरकर ने इसकी कठोर शब्दों में निन्दा की। सभा-स्थल में खलबली मच गई। कुछ लोग सावरकर का विरोध सह नहीं पाए... वे चीखे और यह कहते हुए सावरकर की ओर झपटे–"इसे उठाकर बाहर

फेंक दो।" मिस्टर मोरिसन मेरे ठीक सामने बैठे थे, वे भी सावरकर का विरोध करने लगे। लोगों और सावरकर के बीच हाथापाई हो गई... शोर-शराबा खत्म होने और सावरकर को बाहर निकालने के बाद मीटिंग फिर शुरू हो गई थी... बाद में मुझे सावरकर ने बताया, "उन्होंने प्रस्ताव में इस्तेमाल किए गए 'Crime' और 'Criminal' शब्द के इस्तेमाल पर आपत्ति प्रकट की थी। मदनलाल ढींगरा को अपराधी कहा जाना तथा उसके देशभक्ति से प्रेरित कार्य को अपराध कहा जाना कैसे सहा जा सकता था?"

केक्सटन हॉल में हुए ड्रामे के बाद सावरकर चुपचाप नहीं बैठे। यदि वे चुपचाप बैठ जाते तो उन्हें सीधे-सीधे ब्रिटिश समुदाय-विरोधी मान लिया जाता और वे, उनके साथी ढींगरा के समर्थक माने जाते और सरकार पूरा प्रयास करती कि उन्हें भी ढींगरा के साथ इस केस में घसीट लिया जाए।

सावरकर ने 6 जुलाई को लंदन के एक अखबार 'The Times' के नाम एक पत्र लिखा, जिसका उद्‌देश्य केक्सटन हॉल में पारित प्रस्ताव के बारे में स्थिति को स्पष्ट करना था। उन्होंने लिखा-"प्रस्ताव जिन लोगों ने रखा था, उन्होंने जल्दी से उसका समर्थन कर दिया, बिना इस तथ्य पर विचार किए हुए कि जिस व्यक्ति पर कत्ल का आरोप लगाया गया है, उस पर मुकदमा चलना है और न्यायालय ने उसे दोषी करार नहीं दिया है। अतः उचित यही था कि जब तक इस केस का फैसला नहीं आ जाता किसी भी प्रस्ताव में मदनलाल को 'अपराधी' की संज्ञा न दी जाए और उसके कृत्य को 'अपराध' न कहा जाए। मेरा उद्‌देश्य इसी तथ्य की ओर प्रस्ताव रखने वालों का ध्यान खींचना था।'

ब्रिटेन में मौजूद भारतीय समुदाय के लोग खुलकर सर कर्जन वायली की हत्या का समर्थन नहीं कर सकते थे। उन्हें वहाँ रहना था और साथ रहते हुए इतनी क्रूरता व कठोरता नहीं बरती जा सकती कि किसी समुदाय के अग्रणी व्यक्ति की हत्या हो जाए और उस हत्या की निंदा न की जाए, अतः ब्रिटेन में तथा यूरोपीय देशों में मौजूद भारतीय मूल के लोगों ने इस घटना की प्रशंसा नहीं की। हत्या के पीछे का उद्‌देश्य तनिक भी स्पष्ट नहीं हो पाया था, इसलिए भी हत्या पर खुशी जाहिर नहीं की जा सकती थी।

लेकिन भारत में इस घटना की मिली-जुली प्रतिक्रिया हुई। भारत के बुद्धिजीवी तथा विचारकों को यह घटना समझने में बड़ी कठिनाई हुई। यूं बिना किसी ठोस आधार के किसी की हत्या क्यों की जाए, यह बात उनके गले नहीं उतर पा रही थी।

भारत का आम आदमी खुश हुआ। उसे केवल इतना पता था कि एक भारतीय युवक ने एक रिटायर्ड अंग्रेज़ अफसर को गोलियों से भून दिया। अंग्रेज़

अफसर भारत की छाती पर मूंग दल रहे हैं। वे भारतीयों को बराबरी का दर्जा नहीं देते और उनके अधिकारों का हनन करते हैं। जबरदस्ती देश पर कब्जा बनाए हुए हैं। क्रान्तिकारियों की छोटी-सी गलती पर सूली पर लटका देते हैं, आज़ादी की बात भी कोई कह दे तो उसे हंटरों से पीटा जाता है और देशद्रोह का आरोप लगाकर जेल में डाल दिया जाता है। जो अंग्रेज़ अफसर इतने अत्याचारी और अन्यायी हो चुके हैं, उनकी हत्या कर देना भारतीय युवक के लिए गर्व की बात है। कर्जन वायली ने यदि किसी की हत्या नहीं की, किसी को सीधे चोट नहीं पहुँचाई तो क्या हुआ? अप्रत्यक्ष रूप से तो उसका पूरा समर्थन ब्रिटिश हुकूमत की नीतियों के साथ सदा रहा। चाहे वे भारतीय युवकों का दमन करने वाली ही क्यों न रही हो। ऐसे में, भारतीय युवक उन्हें अपना शत्रु मानें, अपने देश का दुश्मन मानें तो इसमें आश्चर्य की क्या बात है! ऐसा करके वे अपनी जन्मभूमि का कर्ज ही उतारते हैं।

भारत के क्रान्तिकारी संगठनों में खुशी की लहर दौड़ गई। मदनलाल ढींगरा ने उनकी दृष्टि में सचमुच बहादुरी का काम किया था। अंग्रेज़ों पर होने वाले इस तरह के हमले ही उन्हें यह सोचने पर विवश करेंगे कि भारत के युवाओं का खून पानी नहीं बन गया है, उसमें अब भी इतनी गर्मी है कि वे अपने देश के दुश्मनों को चुन-चुनकर मारेंगे और देश की अस्मिता पर डाका डालने वाले विदेशी शासकों को देश से भगाकर ही मानेंगे।

सरोजनी नायडू के भाई वीरेन्द्रनाथ चट्टोपाध्याय (जो ढींगरा के लंदन के मित्र थे) ने भी सावरकर की भांति मदनलाल ढींगरा के कार्य को देश भक्ति का कार्य घोषित करके उसे उचित ठहराया था। अंग्रेजी सरकार ने, वीरेन्द्रनाथ चट्टोपाध्याय के इस कथन के कारण उन्हें जिन्दा या मुर्दा पकड़ने पर, 10 हज़ार पौंड का इनाम घोषित किया था।

लंदन टाईम्स में लिखे अपने पत्र में श्री चट्टोपाध्याय ने लिखा था "भविष्य में फांसी के तख्ते पर चढ़ने वालों की संख्या और अधिक हो जायेगी और इसकी जिम्मेदारी उन लोगों पर ही होगी। जो यह सोचते हैं कि भारत की स्वतंत्रता की अवहेलना करके, भारत पर हमेशा ब्रिटेन का कब्जा रखा जाये।"

11

डॉ. दित्तामल परिवार की प्रतिक्रिया

जब डॉ. दित्तामल ढींगरा के परिवार को भारत के अमृतसर शहर में सूचना प्राप्त हुई कि मदनलाल ने पारिवारिक मित्र सर कर्जन वायली की हत्या कर दी है, तो सारा परिवार स्तब्ध रह गया, क्योंकि परिवार ने जिस, कर्जन वायली को इंग्लैंड में उसका गार्जियन (सरंक्षक) बनाया था उसी ने उनकी हत्या कर दी। जो परिवार अंग्रेज़ों की दृष्टि में परम विश्वसनीय था, आज वह मदन लाल के कृत्य के कारण अंग्रेज़ों की नज़रों से गिर गया था। डॉ. दित्तामल घबरा गये, क्योंकि उन्हें लगा कि अब वे बागी समझे जायेंगे और पता नहीं अंग्रेज़ सरकार उनके साथ क्या सलूक करे।

डॉ. दित्तामल ने अंग्रेज़ अधिकारियों को अनेक पत्र लिखे जिसमें उन्होंने लिखा कि "अंग्रेज़ सरकार के प्रति उनकी निष्ठा पर शक न किया जाये। मदनलाल तो बचपन से मानसिक रूप से सनकी और असन्तुलित था।"

5 जुलाई, 1909 को मदनलाल के छोटे भाई भजनलाल को परिवार ने लंदन में एक तार भेजा था जिसमें उसे सुझाव दिया कि वह लंदन में वकीलों के माध्यम से अंग्रेज़ सरकार के सामने परिवार का पक्ष रखे।

'Refer Mental un soundness from childhood, express family abhorrence. Through Solicitor'!

इसी भावना का दूसरा टेलीग्राम बिहारीलाल ढींगरा ने 4 जुलाई, 1909 को वायसराय के निजी सचिव के नाम भेजा। इसमें भी मदनलाल को मानसिक रूप से असंतुलित बताकर उसके कार्य की आलोचना की गई थी।

"Though every men is responsible for his action and must suffer himself, our whole family is filled with deepest shame and sorrow at Madan's act. He showed eccentricity in childhood and became generally worse."

राय साहब डॉ. दित्तामल ने भी एक टेलीग्राम वायसराय के सचिव डनलप

स्मिथ को इस अनुरोध के साथ भेजा कि यह टेलीग्राम सीधे वायसराय महोदय को दिया जाये ताकि मदन की मूर्खता के बाद मुझ पर क्या बीत रही है इसका अहसास उन्हें हो सके। टेलीग्राम की भाषा इस तरह थी–

'You can imagine the shock. I have sustained at this age on reading the news that my son has been the murderer of our esteemed friend, Col. Sir Curzon Wyllie. The whole family expresses its deep abhorrence of the horrible deed of this mad son of mine. He had, no doubt, shown signs of unsoundness of mind for the past ten years but I never expected that the cursed India House will prove so much an exciting cause, and that he will kill a man who was a friend and a well wisher and I have myself been trying, as you might have already noticed ever since I came to know of his residence at the India House, to dissuade my son from such evil company as that of Krishna Verma and the India House and been asking Sir Wyllie to use his influence with my son to make him desist from such company.

I assure you I am not so much sorry to lose my son as I am for his killing of a innocent man and providing a disgrace to his family which had always been so loyal and grateful to the Government for its numerous favours. I am not quiet about myself at present and can not write more.'

राय साहब दित्तामल यहीं पर नहीं रुके, वे अपनी बात को उच्च ब्रिटिश अधिकारियों तक पहुँचाने के लिए बेचैन थे। वे जानते थे कि यदि वे ब्रिटिश अधिकारियों को यह विश्वास नहीं दिला पाए कि वे ब्रिटिश हुकूमत के विश्वसनीय मित्र हैं तथा अंग्रेज़ों के प्रति उनके दिल में कोई मैल नहीं है तो ब्रिटिश हुकूमत उनके परिवार के खिलाफ कड़ी कार्रवाई कर सकती है। उनकी सारी सम्पत्तियाँ जब्त की जा सकती हैं, उनके परिवार के सदस्य संकट में पड़ सकते हैं, अतः उन्होंने अपने दो बेटे बिहारी लाल तथा मोहन लाल को इस काम पर लगाया कि वे ऊपर के अधिकारियों के पास जाएँ और उनके सामने अपना पक्ष स्पष्ट करें। इसी सिलसिले में बिहारी लाल तथा मोहन लाल वायसराय के निजी सचिव से मिलने शिमला पहुँचे। निजी सचिव मिस्टर डनलप स्मिथ पहले तो उनसे मिलना नहीं चाहते थे, परन्तु जब उन्हें यह बताया गया कि मदनलाल के दोनों भाई दुख से भरे हुए हैं और वे उनसे मिले बिना नहीं जाना चाहते तो मिस्टर डनलप स्मिथ ने उनसे मिलना स्वीकार कर लिया। जैसे ही बिहारी लाल और मोहनलाल डनलप स्मिथ के सामने पहुँचे वे फूट-फूटकर रोने लगे। डनलप स्मिथ क्योंकि उन्हें पहले से ही जानते थे, अतः उन्होंने उन्हें सांत्वना दी और कहा कि वे अपनी बात बताएं। तब मोहन लाल ने डनलप स्मिथ के सामने मदन लाल के बारे में पूरी बात बताई। उन्होंने बताया कि मदन लाल की मानसिक हालत बहुत अच्छी नहीं रही है। जब से वह लंदन में इंडिया हाउस के सम्पर्क में आया था, तब से उसका दिमाग कुछ और तरह का हो गया था।

मदन लाल अकेला सर कर्जन वायली की हत्या नहीं कर सकता, हमारे परिवार ने तो सर कर्जन वायली को यह जिम्मेदारी सौंपी थी कि वे हमारे छोटे भाई मदन लाल को लंदन में अपना संरक्षण प्रदान करें। हम लोग यह कैसे सोच सकते हैं कि अपने परिवार के मित्र और सहयोगी, इतने सज्जन इंसान की इस तरह हत्या कर दी जाए। हमारा परिवार हत्या से बुरी तरह टूट गया है। हमारे भाई ने हमें मुँह दिखाने के लायक नहीं छोड़ा है। हम पूरे विश्वास के साथ कह सकते हैं कि कि सर कर्जन वायली की हत्या करने के लिए किसी ने मदन लाल का इस्तेमाल किया है। हमारा परिवार बहुत शर्मिन्दगी महसूस कर रहा है, हम दुख में गड़े जा रहे हैं, कृपया हमारी भावनाओं को समझें और उन्हें वायसराय तक अवश्य पहुँचा दें।

इस मुलाकात के बाद मोहन लाल ने अपने पिता द्वारा लिखा पत्र डनलप स्मिथ को दे दिया। डनलप स्मिथ इन दोनों भाइयों से मुलाकात करके बहुत आश्वस्त हो गए और उसने यह मान लिया कि ढींगरा परिवार अंग्रेज़ों का विश्वासपात्र है, उसे शक की दृष्टि से नहीं देखा जाना चाहिए।

डनलप स्मिथ ने विश्वास दिलाया कि वो इस पत्र को वायसराय को देगा और ढींगरा परिवार पर कोई आंच नहीं आने देगा।

इतना ही नहीं, मदन लाल के परिवार ने यह साबित करने के लिए कोई कसर नहीं छोड़ी कि कर्जन वायली की हत्या मदन लाल ने किसी के प्रभाव में आकर की है और जब उसने यह हत्या की, तब वह मानसिक रूप से पूरी तरह स्वस्थ नहीं था। इस संदेश को लगभग सभी उच्च ब्रिटिश अधिकारियों तक पहुँचाने के प्रयास किए गए। अपने बचाव में दलीलें देते-देते ढींगरा परिवार यहाँ तक कह गया कि मदनलाल ढींगरा पर पेरिस में रह रहे श्याम जी कृष्ण वर्मा और उसके इशारे पर लंदन में सक्रिय उनके सहयोगियों का हाथ है। हम चाहते हैं कि सरकार असली अपराधियों का पता लगाये। असली अपराधी मदनलाल ढींगरा नहीं है, वरन वे लोग हैं जिन्होंने मदनलाल ढींगरा के हाथों उनके परिवार के मित्र सर कर्जन वायली की हत्या करवाई।

मदनलाल के पिता ने अंततः इन्हीं तथ्यों पर जोर देते हुए एक और पत्र तैयार किया जिसकी प्रतियाँ उच्च ब्रिटिश अधिकारियों तक पहुँचाई गईं। इस पत्र का कुछ अंश इस प्रकार थे-

'We want to know what exactly are the causes of Madan's degeneration into a murderer. As he was eccentric subject to fits of rashness, he was discovered as an excellent tool for evil purpose by Krishna Varma and his Lieutenants. We think the statement that he was given 'bhang' before the crime is likely to be correct.'

12

भारतीयों की प्रतिक्रिया

ढींगरा द्वारा कर्जन वायली की हत्या और उसके गिरफ्तार होने पर तीन रूपों में जबरदस्त प्रतिक्रियाएं हुईं। पहली प्रतिक्रिया इंडिया हाऊस में हुई जिसके संस्थापक सुप्रसिद्ध क्रान्तिकारी श्याम जी कृष्ण वर्मा तथा प्रबन्ध संचालक विनायक दामोदर सावरकर थे, दूसरी प्रतिक्रिया ढींगरा के अपने परिवार में हुई जो अंग्रेज़ों का राजभक्त था, अंग्रेज़ी-राज की छत्रछाया में सारा परिवार सम्पन्नता का उपभोग कर रहा था। तीसरी प्रतिक्रिया भारतीय समाज और राजनैतिक गलियारे में हुई जिसमें क्रान्तिकारी, सशस्त्र क्रान्ति द्वारा अंग्रेज़ी शासन को भारत से उखाड़कर देश को स्वतंत्र कराना चाहते थे।

'इंडिया हाऊस' के अनेक भारतीय छात्र उस आयोजन में उपस्थित थे जिसमें मदनलाल ने कर्जन वायली को गोली मारी थी। मदनलाल को एक भारतीय मदन मोहन सिन्हा की सहायता से अंग्रेज़ों ने घटना स्थल पर दबोचा था। अन्य छात्र वहाँ से खिसक आये क्योंकि पुलिस के आने पर उन्हें भी हिरासत में लिया जा सकता था। जब कर्जन वायली की हत्या का समाचार सावरकर तक पहुँचा तो वह बहुत प्रसन्न हुए।

सर कर्जन वायली एक ऐसा एंग्लो इंडियन आफिसर था जिसने स्वयं तो भारत में नौकरी के दौरान जनता को तंग नहीं किया था। वह एक खुश रहने वाला हल्के-फुल्के मूड का अफसर था। परन्तु वह अंग्रेज़ सरकार के द्वारा लिये गए फैसलों को कड़ाई से लागू करता था, जिसके कारण भारत के हज़ारों निर्दोष नागरिकों को भारी नुकसान झेलने पड़े थे। वह भारत में उन गद्दारों से दोस्ती करने का भी दोषी था जो ब्रिटिश साम्राज्य की नींव को भारत में मजबूत कर रहे थे और बदले में अपनी तिजोरियाँ भर रहे थे।

कर्जन वायली, सावरकर के लिए शत्रु जैसा था क्योंकि उसने उनके गुरु श्याम जी कृष्ण वर्मा के साथ भारी अन्याय किया था (जिसका विस्तृत विवरण 'इंग्लैंड प्रस्थान' परिच्छेद में है)। वायली के अनुचित प्रभाव के कारण ही हरनाम सिंह को कालेज छोड़ना पड़ा था तथा सावरकर के साथ-साथ उन दोनों का भी 'बेंचर्स कोर्ट' में प्रवेश प्रतिबन्धित था। महादेव बापट को अपनी इन्जीनियरिंग की पढ़ाई रोकनी पड़ी थी।

सावरकर ने 'अभिनव भारत' संगठन से जुड़े तथा इंडिया हाऊस से संबधित रहे, सभी विद्यार्थियों और मित्रों की आपात गुप्त मीटिंग की। इस मीटिंग में मदनलाल ढींगरा के एक्शन, उसके बचाव और अगली रणनीति पर विचार किया गया।

सावरकर की जरा-सी भूल भी 'इंडिया हाऊस' की राजनैतिक गतिविधियों को हमेशा के लिए समाप्त कर सकती थी। अतः सावरकर ने खुलकर मदनलाल ढींगरा के एक्शन का समर्थन नहीं किया क्योंकि उस स्थिति में पुलिस को इंडिया हाऊस के विरुद्ध कार्यवाही करने का मौका मिल जाता।

सावरकर ने बुद्धिमत्ता और संयम का परिचय दिया। उन्होंने अंदर-ही-अंदर सभी मित्रों से मदनलाल ढींगरा के कार्य की सराहना की और उसे बहादुर 'राष्ट्र भक्त' कहा।

सावरकर इस बात से सचेत थे कि उनके किसी कथन से इंडिया हाऊस तथा उससे जुड़ी संस्थाएँ शक के घेरे में न आ जाये इसलिए उन्होंने ढींगरा के एक्शन के समर्थन में उग्रता नहीं दिखाई, उन्होंने अपने साथियों को आगाह किया कि वे मदनलाल ढींगरा से अपने सम्बन्धों का खुलासा न करें ना ही उसके द्वारा कर्जन वायली की हत्या का खुला समर्थन करें।

फ्रांस में श्याम जी कृष्ण वर्मा ने भी विश्व के अन्य भागों के भारतीयों के हितों को ध्यान में रखकर, मदनलाल ढींगरा के ऐक्शन की खुलकर प्रशंसा नहीं की परन्तु उनके सहयोगी व समर्थक लाला हरदयाल ने मदनलाल ढींगरा के कृत्य पर गर्व का प्रदर्शन करते हुए इन शब्दों में उसकी भारी प्रशंसा की– "ढींगरा ने अपने कृत्य के समर्थन में अपने बयानों द्वारा जिस बहादुरी का परिचय दिया है, वह भारत के प्राचीन वीरों की याद दिला देता है। उसने हमें भारत के मध्यकालीन युग के बहादुर राजपूतों और सिखों की याद दिला दी है, जो अपनी मौत को दुल्हन की तरह प्यार किया करते थे। यदि इंग्लैंड यह समझता है कि वो फांसी देकर ढींगरा को खत्म कर देगा तो यह उसकी बहुत बड़ी भूल होगी। अपने बहादुरी भरे कार्य से शहादत के बाद ढींगरा अमर हो जायेगा। आने वाला इतिहास उसकी प्रशंसा करेगा। ढींगरा ने कर्जन वायली की हत्या करके दिखा

दिया है कि भारत पर अंग्रेज़ों की पकड़ स्थाई नहीं हो सकती। भारतीय युवा अंग्रेज़ों से सत्ता छीन कर ही रहेंगे। जल्दी ही वो दिन आयेगा, जब भारत पर लदा ब्रिटिश साम्राज्य धूल में मिल जायेगा, राख बन जायेगा। ढींगरा की स्मृति में भारत के नगरों में स्मारक बनाये जायेंगे, भारत के बच्चे इन स्मारकों से प्रेरणा लेंगे और इन पर गर्व करेंगे। ढींगरा को इस बहादुरी के लिए हमेशा याद किया जायेगा जो उसने अपने देश के दुश्मन को मार गिराने और फिर खुशी-खुशी मौत को गले लगाने में दिखाई।"

ढींगरा द्वारा कर्जन वायली की हत्या किए जाने के बाद इंडिया हाऊस बंद कर दिया गया। अब यह भारतीय छात्रों की गतिविधियों का केन्द्र नहीं रहा। श्याम जी कृष्ण वर्मा ने इसे बेच दिया।

जब मदनलाल ढींगरा ने कर्जन वायली की हत्या इंग्लैंड में की उस समय भारत में केवल कांग्रेस ही राजनैतिक दल था जो अंहिसा का सहारा लेकर अंग्रेज़ी सरकार से कुछ सुविधाएं भारतीय जनता के लिए कटोरे में मांग रही थी। उस समय तक भारत की राजनीति में महात्मा गांधी का अवतरण नहीं हुआ था। वे उस समय अफ्रीका में थे। भारत में कांग्रेस की राजनीति गांधी जी के राजनैतिक गुरु गोपाल कृष्ण गोखले के इर्द-गिर्द घूमती थी। अंग्रेजों की कृपा से उनकी ख्याति उच्च शिखर पर थी।

गोखले तो, ढींगरा द्वारा वायली की हत्या का समाचार सुनकर स्तब्ध रह गये। गोखले धर्म संकट में फंस गये। ढींगरा के कृत्य की निन्दा करते तो क्रान्तिकारियों का मनोबल टूटता और वह देश की जनता में बदनाम होते और यदि समर्थन करते तो अंग्रेज़ हुकूमत की नज़रों में उनकी जो साख थी वह समाप्त हो जाती।

अंग्रेज़ शासन चाहता था कि गोखले, वायली की हत्या की निन्दा करें। उन पर बहुत दबाव था कि वह मदनलाल ढींगरा के कार्य की आलोचना और निन्दा करें।

गोखले खामोश रहे। काफी दिनों बाद पूना में दक्खिन सभा के आयोजन में उन्होंने अपने मराठी में दिये भाषण में कहा–

"The foul dead have blackened the Indian name and they must hang their heads in the shame before the whole civilized world."

उन्होंने लार्ड मार्ले को चेताया कि वह उन विद्यार्थियों पर सख़्ती न करें जो ब्रिटेन में शिक्षा के लिए गये हुए हैं क्योंकि इसके परिणाम भारत में अंग्रेज़ों के हित में नहीं होंगे। भारत में उत्तेजना फैल जाएगी।

सकंट की इस घड़ी में गोखले की भूमिका अत्यंत सराहनीय रही। गोखले की साख भारत की जनता में थी और ब्रिटिश समाज में भी। दोनों देशों में मौजूद

अंग्रेज़ समुदाय ने गोखले की सोच का आदर किया और बदले की भावना से कार्यवाही करने का इरादा त्याग दिया।

अंग्रेज़ों को अब इंडिया हाऊस के संस्थापक श्याम जी कृष्ण वर्मा और प्रबन्ध संचालक सावरकर पर विश्वास नहीं रह गया था। हत्या के लिए कानून ने मदनलाल को दोषी माना, और हत्या के लिए प्रेरित करने की जन्म स्थली 'इंडिया हाऊस' को माना गया। परन्तु इंडिया हाऊस के विरुद्ध कोई सबूत नहीं था।

आल इंडिया मुस्लिम लीग की लंदन शाखा के प्रमुख सदस्य सैय्यद अमीर अली ने ढींगरा के कृत्य की 'National Disaster' (राष्ट्रीय क्षति) कहते हुए, निन्दा की।

अखिल भारतीय कांग्रेस के लाहौर अधिवेशन की शेख उमर बख्श ने अध्यक्षता की, जिसमें कांग्रेस ने निन्दा प्रस्ताव पास करते हुए, मदनलाल ढींगरा के कार्य को मूर्खतापूर्ण और कायरता पूर्ण (Senseless and Dastardly Act) कहा–

प. मदन मोहन मालवीय ने कहा "I am agrieved to acknowledge that he is a Hindu".

तत्कालीन पंजाब के नेता मलिक उमर हयात खान, हरकिशन लाल तथा मोहम्मद शफी ने ढींगरा के कृत्य को नीचतापूर्ण कहा तथा सावरकर और उनके साथियों को "Low caste men" कहकर अपमानित किया।

गांधी जी उन दिनों अफ्रीका में अंग्रेज़ों के अत्याचारों के विरुद्ध सत्याग्रह आन्दोलन में संलग्न थे। संयोग से गांधीजी भी उस दिन इंग्लैंड में ही थे जिस दिन ढींगरा ने कर्जन वायली की हत्या की थी। उस रात वह अपने एक साथी एच. ओ. अली के साथ 'Black Ordinance' नामक अध्यादेश का विरोध करने के लिए एक प्रतिनिधिमंडल लेकर इंग्लैंड आये थे जिसे अंग्रेज़ों ने अफ्रीका में लागू किया था।

गांधी जी ने अपनी प्रतिक्रिया 'Indian Opinion' में प्रकाशन के लिए भेजी।

"Wyllie was a guest of Association. From this point of view Madan Lal murdered his guest in his own house and killed Dr. Lal Caca who tried to interfere between them."

गांधी जी ने वायली की हत्या के समय ढींगरा की मानसिक स्थिति का जिक्र इन शब्दों में किया–

"In my view Dhingra was innocent. The murder was committed in the state of intoxication. It is not merely wine or Bhang that makes one drunk, a mad idea can do so. That was the case with Dhingra".

गांधी जी का मानना था कि गलत विचार का जीत जाना किसी राष्ट्र के लिए लाभकारी नहीं हो सकता। भारत को 'ढींगरा' जैसे लोगों से कोई लाभ नहीं होने वाला है।

"Those who believe that India has gained by Dhingra's act and in other similar acts in India, made a serious mistake. Dhingra was a patriot, but his mistake was that his love for country was blind. He gave his body in a wrong way, its ultimate result was mischievous."

श्याम जी कृष्ण वर्मा मदनलाल ढींगरा के बयान और बलिदान से बहुत प्रभावित हुए थे और उन्होंने उसके नाम पर 4 छात्रवृत्तियाँ स्थापित कीं। लंदन के अग्रेंज़ी समाचार पत्र 'दि टाइम्स' ने ढींगरा के इस कर्म के पीछे श्याम जी का हाथ होने की आशंका प्रकट की। उस पर श्याम जी ने 'दि टाइम्स' को लिखे अपने पत्र में ढींगरा के बलिदान की प्रशंसा करते हुए लिखा–

"व्यक्तिगत रूप से सर कर्जन वायली, जिनसे पहले-पहल मुझे 22 वर्ष पूर्व मिलने का अवसर मिला था, की मृत्यु पर मुझे बहुत खेद है।"

"मैं कभी किसी षड्यन्त्र अथवा गुप्त संगठन का सदस्य नहीं रहा हूँ, इसलिए षड्यन्त्र का आरोप मुझ पर निराधार है। कुछ सिद्धान्तों के प्रचार के अतिरिक्त, मैंने दूसरों को उकसाने अथवा बढ़ावा देने का स्वप्न में भी विचार नहीं किया। जो मैं स्वयं करने में संकोच करता हूँ, दूसरों को कैसे कह सकता हूँ। यह तो बहुत गलत होगा, यदि सर कर्जन वायली के वध के लिए मुझे जिम्मेदारी माना जाए। इसमें कोई तर्क नहीं है। यह तो वैसा ही है जैसे किसी अखबार को जिम्मेदार माना जाए कि उसमें किसी हत्या का शब्द-चित्र पढ़कर किसी ने किसी की हत्या कर दी हो।

यद्यपि मेरा इस वध से कुछ लेना-देना नहीं है, लेकिन श्री ढींगरा ने पिछले शनिवार को जो देशभक्ति युक्त और वीरतापूर्ण बयान पुलिस इन्क्वायरी को दिया था, उसमें स्पष्ट रूप से बताया गया है कि इस वध का कारण पूरी तरह से राजनीतिक है। मैं अन्तर्मन से इस कार्य की प्रशंसा करता हूँ, और इस कार्य को अन्तिम परिणति पर पहुँचाने वाले को भारतीय स्वातन्त्र्य हेतु बलिदानी मानता हूँ।"

13

अंग्रेज़ों की प्रतिक्रियाएं

लिबरल पार्टी का 'लार्ड मार्ले उस समय भारत सचिव था परन्तु वह, कर्जन वायली के हाथों की कठपुतली था जो इंडिया ऑफिस में टोरी प्रधान मंत्री वालफर के समय से ही जमकर बैठा था। कर्जन वायली ही स्वदेशी, स्वराज्य, बायकाट राष्ट्रीय शिक्षा आन्दोलनों को जर्बदस्ती-ताकत से दबा देने की हिदायतें भेजता था...

लेडी मार्ले ने, इंग्लैंड में 2 जुलाई को बहुत सवेरे लार्ड मार्ले को भारत में कर्जन वायली की हत्या की सूचना दी। लार्ड मार्ले को वायली की हत्या पर बहुत धक्का लगा! लार्ड मार्ले ने भारत में सर सिन्डेनहम क्लार्क को लिखा "मैं नहीं जानता कि आप वायली से परिचित हैं या नहीं! वे बहुत दयालु और दूसरों की सदैव सहायता करने वाले व्यक्ति थे! हिंसा उनके व्यवहार में थी ही नहीं। मुझे नहीं लगता कि अपने व्यवहार से उन्होंने कभी किसी को कष्ट पहुँचाया होगा फिर भी एक सिरफिरे व्यक्ति ने उन्हें इतनी बेदर्दी से मारा, इससे मेरा मन बहुत दुखित है।"

2 जुलाई, 1909 को लार्ड मार्ले ने, भारत के वायसराय लार्ड मिन्टो के नाम यह तार भेजा-

'A most important thing to ascertain is whether the crime was the result of individual action or criminal conspiracy'.

मि. मार्ले बहुत चिन्तित हो गये थे। उन्होंने वायसराय को आगाह किया था कि यदि यूरोप से विशेष कर लंदन या पेरिस से कोई टेलीग्राम आए तो उस पर कड़ी नज़र रखी जाये।

मि. मार्ले को शक था कि ढींगरा ने जो काम किया है वह अकेला आदमी नहीं कर सकता, निश्चित ही उसके पीछे कोई बड़ा नेटवर्क काम कर रहा है।

उस नेटवर्क ने ही सर कर्जन वायली की हत्या के लिए ढींगरा का इस्तेमाल किया है।

ब्रिटेन के राजा एडवर्ड सप्तम, कर्जन वायली की हत्या से उद्वेलित थे, उन्होंने भारत में तत्कालीन वायसराय लार्ड मिन्टो को क्रोध से परिपूर्ण पत्र लिखा। "भारत से ब्रिटेन आने वाले ऐसे लोगों को सख्ती से रोका जाये जिनका यहाँ कोई खास काम नहीं है और जो यहाँ आकर ब्रिटेन विरोधी गतिविधियों में लिप्त हो जाते हैं। ऐसे लोगों के दिमाग में फितूर पैदा हो जाते हैं। हमारे देश और समाज की सुरक्षा आपकी जिम्मेदारी है। ऐसे सिरफिरे भारतीय युवकों के साथ सख्ती से पेश आओ।"

मदनलाल ढींगरा का मकान

14

ढींगरा के मुकदमे की कार्यवाही

काफी तैयारियों के बाद ब्रिटिश पुलिस ने मदनलाल ढींगरा को 10 जुलाई, 1909 को लंदन के वेस्ट मिनिस्टर स्थित 'ओल्ड वेल्ड कोर्ट' में पेश किया।

मदनलाल ढींगरा की मुकदमे की कार्यवाही के लिए पेण्टोन्वविली जेल से ब्रिक्स्टन जेल भेजा गया, यहाँ भी वह उतना ही प्रसन्न और शांत था जितना वह अपने घर 108, लैड वेरी रोड (मकान की मालकिन कुमारी मेरी हैरिस थी) में था।

डॉ. दित्तामल के परिवार ने भरसक प्रयत्न किया कि वह अंग्रेज़ी हुकूमत को यह विश्वास दिला दे कि मदनलाल असन्तुलित मस्तिष्क का व्यक्ति है इसीलिए उसने कर्जन वायली की हत्या का अपराध किया है। जांच एजेन्सी ने मदनलाल की मानसिक स्थिति का अध्ययन करने की सिफारिश की। मेडिकल अफिसर डॉक्टर डायर ने, मदनलाल की मानसिक स्थिति का, ब्रिक्सटन जेल में अध्ययन किया। जांच के बाद डाक्टर डायर ने उसे एक अत्यंत सन्तुलित व्यक्तित्व का व्यक्ति इन शब्दों में बताया–

Mr. Dhingra is well educated person of an intellectual type, some what reticent in conversation and retiring in manner. He eats and sleeps well, converses quite rationally on all topics, has behaved in a quiet and sane manner, and shown no sign of insanity.

मिस्टर ब्लंट ने अपनी डायरी में लिखा–

"It was recorded in the medical evidence at the trial that when arrested, Dhingra's pulse beat was no quicker than normal nor from first to last has he shown any sign of weakening."

जब राज्य सचिव को यह पता लगा कि ढींगरा के परिवार वालों का यह दावा (संदेश) तथ्यहीन है कि मदनलाल ने कर्जन वायली की हत्या पागलपन

में की है तो उसने मामले की वायसराय के सामने दया याचना के लिए नहीं रखा क्योंकि उसकी दृष्टि में यह जान-बूझकर सन्तुलित मस्तिष्क कत्ल था।

राज्य सचिव ने ढींगरा के परिवार को सूचना पहुँचाई-

'Please inform the relations of Dhingra that after considering all circumstances including evidence of father and brother, Home Secretary regrets he can not advise his majesty to interfere with the due course of the law.'

जब मदनलाल ने कर्जन वायली की हत्या की उस समय वह 108 लैड वेरी रोड पर, मिस मेरी हैरिस के मकान में पेइंग गेस्ट थे। इसलिए कोर्ट ने बयान के लिए मिस मेरी हैरिस को बुलाया। उसने अपने बयान में कहा-

"मदन एक साफ-सुथरा और फुर्तीला नौजवान है। वह अपने सभी काम टाईम पर करता है। उसके व्यवहार में कोई ऐसी बात कभी नहीं दिखाई दी जिससे यह शक पैदा होता कि उसके घर में रहने वाला यह भारतीय छात्र कोई हत्या भी कर सकता है।" 'नेशनल इंडियन एसोशियेशन! जिसमें मदनलाल 'जौली क्लब' का मेम्बर था और जहाँ मदनलाल ने कर्जन वायली की हत्या की थी उसकी सचिव ऐमा जोसेफ बैक ने बचाव दिया-

"मैंने उसे अनेक बार कार्यक्रमों में देखा है। मैंने उसके व्यवहार में कभी असहज व्यवहार नहीं पाया। वह कम बोलता था परन्तु दूसरों से खुलकर मिलता था।"

मदनलाल जिस कालेज में इन्जीनियरिंग पढ़ रहा था उसके दो प्रोफेसरों-कार्ल पियरसन और प्रोफेसर जे. डी. कारनेक ने बयान दिया-

"मदन लाल मेहनती छात्र था, वह पढ़ने में होशियार था, सहपाठियों के साथ उसका व्यवहार कभी आपत्तिजनक नहीं था। एक भी शिकायत उसके विरुद्ध नहीं आई। उसे ड्राईंग और मैकेनिकल इन्जीनियरिंग में पूरी रुचि थी।"

बयानों से, अभियोजन पक्ष ने साबित किया कि-

Dhingra's act was neither a venture of unsound mind nor a freak of chance, but a wilful murder"

वायली की हत्या के बाद ब्रिटिश पुलिस को मदनलाल के विरुद्ध अनेकों साक्ष्य प्राप्त हुए जिसका उपयोग अभियोजन पक्ष ने किया।

मदनलाल की गिरफ्तारी के बाद जब सबसे पहले पुलिस उसके 108 लैड वेरी रोड स्थित निवास पर गई थी तो वहाँ तलाशी लेने पर पुलिस को 63 कारतूस, सात कारतूसो वाली एक मैग्जीन, एक बन्दूक चलाने का लाइसेंस जो 26 जनवरी, 1909 को जारी किया था, एक रिकार्ड बुक जिसमें 15 मई से लेकर 29 मई तक का पिस्तौल चलाने की ट्रेनिंग का विवरण था तथा 5

कारतूसों में खोल बरामद हुए। यहीं पर अन्य सबूत भी मिले जिससे पता लगा कि मदनलाल ने 26 जनवरी, 1909 को मैसर्स गैमज लिमिटेड से एक पिस्तौल तथा कोल्ट आटोमैटिक मैग्जीन खरीदी थी और उसी दिन से वह निशाना साधने की प्रेक्टिस कर रहा था। 26 जनवरी से लेकर कर्जन वायली की हत्या के दिन 1 जुलाई, 1909 तक उसने लगातार गोली चलाने का अभ्यास किया था। यह सभी सबूत पुलिस ने अदालत में पेश किये।

मदनलाल ने, टोटेनहम कोर्ट रोड पर, निशानेबाज हेनरी स्टेनटन मोर्ली से, निशाने बाजी सीखी थी। मिस्टर मोर्ली ने बयान दिया–

"Mr. Dhingra used to have 10 shots at a time and pay 6d. He used to take deliberate aim and pause between each shot and sometime they were fired more rapidly together. I think he improved slightly in his shooting."

मदनलाल की मकान मालकिन मिस मेरी हैरिस ने बयान दिया–

मदनलाल सवेरे से ही उस दिन घर में रहा। वह दोपहर 2 बजे के बाद घर से निकला और शाम को 6 बजे वापिस आया।

मदन लाल के निशानेबाजी के कोच हेनरी स्टेनटन मोर्ली ने बयान दिया–

"1 जुलाई को सायं 5.30 बजे वह रेंज में मौजूद था। 28 जून को वह दोपहर में समय रेंज में आया था और उसने 12 शाट फायर किये थे। 1 जुलाई को भी उसने 12 शाट फायर बहुत करीब से किये थे। बाद में मदनलाल ने अपनी पिस्तौल कोच को दी थी। उसने (कोच) पिस्तौल की नली को साफ करके पिस्तौल मदनलाल को लौटा दी। कर्जन वायली की हत्या जिस पिस्तौल से मदनलाल ने की थी, यह वही पिस्तौल है जिससे उसने उस दिन अभ्यास किया था।"

मकान मालकिन ने पुनः बयान दिया "1 जुलाई को सायं 7-8 बजे मदनलाल दोबारा घर से यह कहकर निकला कि वह नेशनल इंडियन एसोसियेशन के इम्पीरियल इंस्टीट्यूट के एक उत्सव में जा रहा है। उस समय वह गहरे रंग का सूट पहने था व नीली पगड़ी बांधे था।

पुलिस ने जांच में पाया था कि वह सीधा कार्यक्रम में नहीं आया था। वह पहले इंडियन कैटरिंग कम्पनी गया था, जहाँ पर उसका एक मुस्लिम मित्र निजामुद्दीन मैनेजर था। वहाँ उसने भांग पियी, और उसके बाद वह कार्यक्रम में आया था। उपर्युक्त सभी जांचों के परिणामों को पुलिस ने साक्ष्यों के रूप में अदालत के समक्ष प्रस्तुत किया।

मदनलाल के विरुद्ध पुलिस के कुछ प्रत्यक्षदर्शी गवाहों को अदालत में, प्रस्तुत किया।

भारतीय मूल का मदनमोहन सिन्हा एक ऐसा गवाह था जिसने मदनलाल को गोली चलाने के बाद पकड़ा था। उसने अपने बयान में कहा–

'I saw a man with a revolver in his right hand. He was facing towards the stairs and Wyllie was facing him. I saw the man actually fired at Sir Curzon. I saw the flesh, a puff of smoke, and the deceased fell. The shot was aimed at the left side of Wyllie's face. Wyllie dropped. I rushed to save him. More than four shots were fired at him.'

मैंने देखा–"एक आदमी दाहिने हाथ में रिवॉल्वर ताने सीढ़ियों की ओर मुंह किए सर कर्जन वायली के ठीक सामने खड़ा था। उसने सर वायली पर गोली चला दी। मैंने देखा, गोली चलते ही धुआँ निकला और सर वायली के चेहरे से मांस बाहर निकल आया, वे गिर गए। गोली वायली के चेहरे के बाएं हिस्से पर मारी गई थी। मैं उन्हें बचाने के लिए दौड़ा। कुल मिलाकर चार से अधिक फायर हुए थे।"

पुलिस का दूसरा गवाह डगलस विलियम थॉरबोर्न था। थॉरबोर्न एक पत्रकार था। उसने यह बयान दिया–

I looked to the vestibule. I could see very few people near the door. I could see only two person in the vestibule. One was Wyllie and the other a young man in lounge suit and blue turbon, facing one another, at arms length, apparently conversing. As I saw the prisoner raised his arm, I saw a revolver and he fired four shots in the face of Wyllie who fell on the ground... more shots were fired after an interval of a few seconds. I saw the flesh.

दरवाज़े के पास गैलरी में मैंने देखा, "दो व्यक्ति आमने-सामने खड़े थे। एक सर व्रायली और दूसरा लाउंज सूट पहने एक युवक जिसके सिर पर नीली पगड़ी थी। युवक ने अपना दाहिना हाथ ज्यों ही ऊपर किया, उसके हाथ में रिवॉल्वर दिखा–उसने चार फायर किए। निशाने पर सर वायली का चेहरा था। वायली गिर गए। उनके चेहरे से मांस निकल आया था। कुछ सेकंड के अंतराल से और फायर भी किए गए। मैंने मांस देखा"

सर कर्जन वायली के निकटतम मित्र सर लेजली प्रोबीन भी सभा स्थल पर मौजूद थे। उत्सव की समाप्ति के बाद वे निकास द्वार की ओर बढ़ रहे थे। उन्होंने पूरा दृश्य स्पष्ट देखा था। उन्होंने अपने बयान में बताया–

"मेरे कान में ताबड़तोड़ 3 या 4 गोलियाँ चलने की आवाज़ पड़ी। मैं आगे की ओर भागा तो एक गोली की आवाज़ और आई। मैंने देखा दरवाज़े से थोड़ा पहले खड़ा एक युवक अपनी रिवॉल्वर से सर कर्जन के चेहरे पर बाईं ओर गोलियाँ दाग रहा था। सर कर्जन वायली का सिर एक ओर से दूसरी ओर घूमा और वह दरवाजे से 3 या 4 गज की दूरी पर गिर गए"।

मदनमोहन सिन्हा के बाद सर लेजली ही वह व्यक्ति थे जिन्होंने मदनलाल ढींगरा को दबोचने का साहस दिखाया। ऐसा करते समय वे घायल भी हो गए थे।

उन्होंने बताया–मैंने उसका बायाँ हाथ अपने दाएं हाथ से पकड़ लिया और बाएं हाथ से उसका रिवॉल्वर छीनने की कोशिश की। मैंने रिवॉल्वर अपने बाएं हाथ में पकड़ तो लिया, पर पता नहीं कैसे धक्का-मुक्की में मैं फिसल गया, और नाक के बल गिरा। मेरी नाक से खून निकल आया और पसली में चोट आ गई, परंतु फिर भी मैंने अपनी पकड़ कमजोर नहीं होने दी। कुछ और लोग भी उसे दबोचने आ पहुँचे। हमने उसे छोड़ा नहीं और पुलिस के आने पर उसे सौंप दिया।"

अंग्रेज़ मजिस्ट्रेट ने बड़ी मुश्किल से अदालत में उपस्थित लोगों के शोर को शांत कराया–

सब-डिवीजनल इंस्पेक्टर मिस्टर चार्ल्स ग्लास (Charles Glass) ने अदालत में मदनलाल ढींगरा को आरोप पढ़कर सुनाया तब मजिस्ट्रेट ने उससे पूछा कि क्या तुम अपने ऊपर लगाए गए आरोप स्वीकार करते हो? तो उसने सिर हिलाते हुए कड़ककर जवाब दिया–"यस (Yes)"।

जब न्यायालय में उसके मुकदमे की सुनवाई चल रही थी और वकील उसे कड़ी-से-कड़ी सजा देने की मांग कर रहे थे, तब उसने सिर ऊंचा करके कहा–

'You can Pass sentence of death on me. You are all powerful and do what you love, but remember, we shall have our time.'

तुम सब आज सत्ता में हो, जो चाहे कर सकते हो, जरूर करो। मुझे फांसी पर लटका दो, पर एक बात भूलना मत! एक दिन वक्त करवट बदलेगा और तब वह होगा, जो हम चाहेंगे।"

अपने मुकदमे में देशभक्त ढींगरा ने प्रभावपूर्ण बयान दिया–

"मैं स्वीकार करता हूँ कि अगले दिन मैंने अंग्रेज़ी रक्त बहाने का प्रयास किया। यह मैंने देशभक्त भारतीय युवकों को, फांसी देने और काले पानी भेजने के अमानवीय व्यवहार के प्रतिशोध के लिए किया है।"

"इस कार्य में मैंने अपनी अन्तरात्मा के सिवाय किसी से सलाह नहीं ली। मैंने किसी के साथ मिलकर षड्यन्त्र नहीं रचा है, केवल अपना कर्तव्य किया है।"

"मेरा विश्वास है कि एक राष्ट्र जो बन्दूकों की सहायता से विदेशी दासता में बंधा हुआ है, सदैव युद्ध की स्थिति में ही है। क्योंकि खुले युद्ध शस्त्रहीन कौम के लिए असम्भव हो गए हैं, मैंने अचानक आक्रमण किया। मैंने पिस्तौल निकाली और फायर किया। हिन्दू होने के नाते मेरा विश्वास है कि मेरे देश का

अपमान परमात्मा का अपमान है। क्योंकि मेरे देश का कार्य श्री राम का कार्य है, उसकी सेवा श्री कृष्ण की सेवा है। बुद्धि और सम्पत्ति में कमजोर मेरे जैसे पुत्र के पास माँ को अर्पण करने के लिए अपने प्राणों के अतिरिक्त और क्या है? और वही मैंने उसकी वेदी पर चढ़ा दिया है।"

"परमात्मा से मेरी प्रार्थना यही है कि मैं पुनः उसी मातृभूमि में जन्म लूँ और उसी के लिए मरूँ जब तक कि वह सारे विश्व के कल्याण और परमात्मा की शान के लिए स्वतन्त्र नहीं हो जाती। वन्दे मातरम्।"

मुकदमे के दौरान, एक अन्य अवसर पर मदनलाल यकायक खड़ा हुआ और सैनिक की तरह उसने जज को सैल्यूट मारा और बोला–

'Thank you, my Lord, I am glad to have the honour of dying for my countrymen.'

"मैं आपके प्रति अपना आभार प्रकट करता हूँ और चाहता हूँ कि आप मुझे सजा–ए–मौत दें। अपने देशवासियों के बेहतर कल के लिए मरना मेरे लिए गौरव की बात होगी।"

जज ने मदनलाल की ओर देखा और कुछ क्षण देखता ही रह गया। उसके पास शायद शब्द नहीं थे, इसकी प्रतिक्रिया व्यक्त करने को।

23 जुलाई, 1909 को जब अंग्रेज़ जज ने ढींगरा को कहा कि उसे फांसी दी जाएगी, क्या बचाव में उसे कुछ कहना है? तो उत्तर में उसने कहा–

"मैंने एक बार आपसे कहा था कि इंग्लिश अदालत मेरे ऊपर कोई अधिकार नहीं रखती। मुझे अपने जीवन की परवाह नहीं। आपके पास शक्ति है। आपका जो मन चाहे करो। परन्तु याद रखना, एक दिन ऐसा आएगा, जब हम भी शक्तिशाली होंगे और उस दिन हम जैसा चाहेंगे वैसे ही आपसे निपटने में स्वतन्त्र होंगे।"

फांसी से चार दिन पहले उसने फिर उसी तरह जज को सैल्यूट मारा और मुस्कुराते हुए बोला–'I thank you, my Lord. I am prepared to lay down my life. It is a great honour.'

"मैं आज बहुत खुश हूँ माई लॉर्ड! आपने मेरे मन की मुराद पूरी कर दी–मैं पूरी तरह तैयार होकर आया हूँ अपना जीवन देने के लिए... मेरे लिए इससे ज्यादा सम्मान की बात और क्या हो सकती है।"

15

ढींगरा का कोर्ट में बयान

10 जुलाई, 1909 को फांसी दिए जाने से एक सप्ताह पहले जज ने मदनलाल से कहा– "तुम पर जो आरोप लगाये गए हैं, उनके बारे में यदि तुम कुछ कहना चाहो तो कह सकते हो।"

मदनलाल को इसी पल का इंतजार था। सारे आरोपों का जवाब वह अपने साथ रखता था, पता नहीं कब मौका मिल जाए। आज जैसे ही मौका मिला, वह उछल पड़ा। उसने अपनी जेब से अपने बयान की प्रति निकाली और पढ़ने लगा–

"माई लॉर्ड, मुझे अपने बचाव में कुछ नहीं कहना है। मुझे केवल अपने कृत्य के समर्थन में कुछ बातें कहनी हैं – सबसे पहले तो मैं यह बात साफ कर दूँ कि मुझे जिस तरह हिरासत में लेकर आप मुझ पर मुकदमा चला रहे हैं, इसका आपको कोई हक नहीं है।"

"मैं यह मानता हूँ कि कोई भी अंग्रेज़ी कानून या अंग्रेज़ी कोर्ट अथवा कोई अन्य संस्था यह अधिकार नहीं रखती कि वह मुझे (एक भारतीय को) अपराधी घोषित करे। मुझे जेल में रखे और फिर मृत्यु की सजा सुना दे।"

यही कारण है कि मैंने अपने बचाव के लिए कोई वकील नहीं किया।

मैं आपको याद दिला दूँ– "यदि कोई जर्मन ब्रिटेन की भूमि पर कब्जा कर ले तो उससे लड़ने वाले अंग्रेज़ को देशभक्त माना जाता है, जब मेरे देश पर अंग्रेज़ों ने कब्जा किया है और उसे मुक्त कराने के लिए मैं अंग्रेज़ों से लड़ता हूँ तो मुझे देशभक्त क्यों नहीं माना जाता? पिछले 150 वर्षों से अंग्रेज़ों ने मेरे देश को गुलाम बना कर रखने के लिए आठ करोड़ भारतीयों को मौत के घाट उतारा है और 100 मिलियन डॉलर का धन भारत से लूट कर ब्रिटेन में लाया गया है। अंग्रेज़ों ने मेरे देश के उन सभी लोगों को या तो मृत्युदंड दिया है या देश निकाला दिया है जिन्होंने

कभी अपने देश की आज़ादी की बात की। भारत में जाकर काम करने वाला अंग्रेज़ कम-से-कम 100 डॉलर मासिक पगार पाता है। इसका अर्थ यह हुआ कि मेरे देश के 1000 आदमियों से रोजी-रोटी का हक छीनकर वह उन्हें भूखे मरने की सजा दे देता है। 100 डॉलर भारत के आम आदमी के लिए बहुत बड़ी रकम है। इतने में भारत के 4000 आदमी गुजारा कर सकते हैं।

जिस तरह जर्मन के लोगों को कोई हक नहीं कि वे ब्रिटेन पर कब्जा जमाएं, उसी तरह ब्रिटेन के लोगों को भी कोई हक नहीं कि वे भारत पर कब्जा जमाएं, इसलिए हमारा यह पवित्र कर्तव्य हो जाता है कि हम उन अंग्रेज़ों को समाप्त कर डालें, जो हमारे देश की पवित्र माटी को अपवित्र कर रहे हैं।

मुझे बड़ा आश्चर्य होता है, जब अंग्रेज़ कांगो तथा रूस में मानवता के हनन की बातें करते हैं और ऐसा करने वालों को दंडित करने का कानून ढूंढ़ते हैं, जबकि भारत में वे स्पष्ट रूप यही सब कर रहे हैं। वे हमारे देश के 20 लाख आदमियों को प्रतिवर्ष अन्य देशों में मानव अधिकारों की रक्षा के लिए युद्ध के बहाने मरवा रहे हैं और इतनी बड़ी संख्या में भारतीय महिलाओं की जिंदगियों को तबाह कर रहे हैं।

आप न्याय क्यों नहीं करते? जिस तरह ब्रिटेन की सड़कों पर ब्रिटेन को अपने कब्जे में लेने की नीयत से आए जर्मन को गोली से उड़ा देने पर आप ब्रिटेन के नागरिक को देशभक्त की संज्ञा देंगे, वैसे ही अपने देश को रौंदने वाले अंग्रेज़ अफसर को जब मैं गोली मारता हूँ तो मुझे देशभक्त की श्रेणी में क्यों नहीं रखा जा रहा? एक ही स्थिति में एक ही तरह का कदम उठाने पर एक व्यक्ति आपके लिए देशभक्त क्यों है और दूसरा व्यक्ति बागी या विद्रोही क्यों माना जाता है? इसे न्याय की कसौटी पर कसिए तो आप पाएंगे कि मैं भी देशभक्त हूँ। मैंने अपनी मातृभूमि को गुलामी की जंजीरों से मुक्त करने के लिए उन हाथों को काट डालने का काम किया है। जिन्होंने मेरी मातृभूमि को गुलाम बनाया हुआ है।

बस मैं यही कहना चाहता था, इसके अलावा मुझे कुछ नहीं कहना। अब देखना यह है कि आपका कोर्ट कितना न्याय करता है?"

अपना बयान बीच में रोककर मदनलाल ने गहरी सांस ली एक क्षण बाद फिर उसने कहा –

"मैंने यह बयान इसलिए नहीं दिया है कि मैं मौत की सजा से डर गया हूँ और आपसे दया की प्रार्थना कर रहा हूँ। मैं तो स्वयं यह चाहता हूँ कि अंग्रेज़ मुझे फांसी पर लटकाएं ताकि मेरा देश यह जान ले कि अंग्रेज़ों ने मेरी देशभक्ति का पुरस्कार मुझे मौत की सज़ा के रूप में दिया है। मेरा देश खुद फैसला क्ररेगा

कि वह बदले में अंग्रेज़ों के साथ कैसा व्यवहार करे। मैं चाहता हूँ कि अमेरिका यह जान ले कि मैंने आपकी अदालत में क्या कहा था, यही मेरे बयान का उद्देश्य है ....वंदे मातरम्.... !"

इतना कहकर मदनलाल चुप हो गया।

एक और वक्तव्य मदनलाल ने तैयार किया था। इसे भी वह कोर्ट में पढ़कर सुनाना चाहता था, परंतु जज ने वैसा करने की आज्ञा नहीं दी। अत: वह वक्तव्य ब्रिटिश पत्रकार मिस्टर डेविड गार्नेट को दे दिया गया। सावरकर ने गार्नेट पर जोर डाला कि वह इसे ब्रिटेन के लोकप्रिय अखबार 'The Daily News' में प्रक़ाशित करवाएं। डेविड गार्नेट ने, अपने प्रभाव का इस्तेमाल करते हुए यह वक्तव्य 'The Daily News' में छपने को दिया, परंतु यह ढींगरा की फांसी के ठीक एक दिन पहले 16 अगस्त, 1909 के अंक में छप पाया।

यह बयान इस प्रकार था –

"मैंने यह बात पहले ही दिन स्वीकार कर ली थी कि मैंने एक अंग्रेज़ का खून किया। यह खून मैंने भारतीय युवकों को फांसी पर लटकाए जाने तथा उन्हें देश निकाला दिए जाने के विरोध में किया था। मैंने यह कार्य किसी की सलाह पर अथवा किसी के उकसाने से नहीं किया। यह मेरा निजी फैसला था, इसके लिए पूरी तरह मैं जिम्मेदार हूँ।

मेरा यह मानना है कि जिस देश को विदेशी आक्रमणकारी अपना गुलाम बना लेते हैं, वह युद्ध के दौर से गुजर रहा होता है। मैं उस देश का नागरिक हूँ, जो अंग्रेज़ों के कब्जे में है और अंग्रेज़ों के खिलाफ सशस्त्र लड़ाई नहीं कर सकता। इसीलिए मुझे छिपाकर हथियार ले जाना पड़ा और धोखे से वार करना पड़ा।

एक हिन्दू होने के नाते मैं यह मानता हूँ कि जो मेरे देश पर कब्जा किए बैठे हैं, वे मेरे इष्ट देव का अपमान कर रहे हैं। अपने देश की प्रतिष्ठा बचाने के लिए संघर्ष करना अपनी कौम के महान आदर्श राम और कृष्ण की प्रतिष्ठा के लिए लड़ने जैसा है। मैं अपनी मातृभूमि को कुछ नहीं दे सका। मैं गरीब और असहाय हूँ। मैं मातृभूमि की वेदी पर कुछ न चढ़ा सका तो मैंने प्राण दे दिये और यह मेरे लिए गर्व की बात है।

मैं अपने देश के लोगों को केवल एक ही संदेश देना चाहता हूँ कि वे अपने मन से डर निकाल दें और देश की खातिर कैसे मरा जाता है, यह सीख लें।

मैं ईश्वर से अंत में एक ही प्रार्थना करता हूँ कि मुझे फिर से भारत में जन्म दे, ताकि मैं फिर से अपनी कुर्बानी दे सकूं और यह सिलसिला तब तक चलता रहे जब तक मेरा देश आज़ाद न हो जाए। वंदे मातरम !"

17 अगस्त, 1909 को भारत के इस महान सपूत को जेल के अहाते में ही चुपचाप फांसी पर लटका दिया गया।

सावरकर आदि 'इंडिया हाऊस' से जुड़े छात्र चाहते थे कि फांसी के बाद ढींगरा का शव उन्हें दे दिया जाए जिससे वे अपने साथी का हिन्दू रीति से दाह-संस्कार कर सकें, परंतु उनकी यह बात अदालत ने नहीं मानी।

मदनलाल ढींगरा ने 1 जुलाई, 1909 को कर्जन वायली की हत्या के बाद पुलिस को लिखित बयान दिया था जिसमें उन्होंने कर्जन वायली की हत्या करने के कारणों का ब्यौरा दिया था। वह बयान पुलिस ने अदालत में मुकदमे के दौरान प्रस्तुत नहीं किया था। पुलिस इस प्रकार के लिखित बयान की बरामदगी से मुकर गई। मदनलाल ढींगरा चाहते थे किसी प्रकार वह ब्यौरा जनता के सामने आ जाये जिससे वह उन कारणों को जान सके जिसकी वजह से वायली की हत्या की गई थी।

16

मुकदमे का फैसला और 'फांसी' की सजा

जब सावरकर मदनलाल से मिलने ब्रिक्सटन जेल गये तो मदनलाल गर्व से यह कहते हुए मिला "सावरकर जी मैंने जो कुछ किया अच्छा किया। मैं पारसी कावस लालका को नहीं मारना चाहता था। वह तो वायली के बचाव में कूद गया इसलिए मारा गया। कर्जन वायली को मारकर मैंने अपना फर्ज पूरा किया है। मेरी मृत्यु के बाद मेरे शरीर को आप ही हाथ लगाना और कोई अहिन्दू मेरे मृत शरीर को हाथ भी न लगाये। मेरा अन्तिम संस्कार आप हिन्दू पद्धति से करना और मेरा सामान नीलाम करवा कर जो पैसा इकट्ठा हो उसे क्रान्तिकारियों के लिए बने कोष में दान दे देना"।

25 जुलाई, 1909 को मदनलाल के मुकदमे की सुनवायी समाप्त हो गई। मदनलाल के मुकदमे को सुनने वाले जज ने इस मुकदमें का फैसला लगभग 20 मिनट में कर दिया। फैसला था 'मृत्युदंड', साथ ही फांसी की तिथि भी निर्धारित कर दी, 17 अगस्त, 1909। न्यायिक प्रक्रिया के अनुसार, न्यायालय केवल मृत्यु दंड देता है। फांसी की तिथि निर्धारित नहीं करता। फांसी की तिथि प्रशासन तय करता है।

परन्तु अंग्रेज़ों के न्यायालय पराधीन भारत के क्रान्तिकारियों के लिए कानून से भी ऊपर थे। न्यायालय द्वारा फांसी दिये जाने का फैसला सुनाये जाने पर, मदनलाल ढींगरा ने ऊंचे स्वर में कहा "मुझे इस बात का बहुत गर्व है कि मैं देश की स्वतंत्रता के लिए अपने प्राणों का बलिदान कर रहा हूँ, लेकिन याद रखें, जल्दी ही मेरा देश आज़ाद होगा।"

विनायक दामोदर सावरकर के पास मदनलाल ढींगरा के उस बयान की कापी थी जिसे पुलिस ने सर कर्जन वायली की हत्या के बाद उसकी जेब से निकाल लिया था और उसे अदालत में पेश नहीं किया था। सावरकर ने अपने

एक क्रान्तिकारी मित्र ज्ञान चन्द वर्मा को उस बयान की कापी दे दी जिसे वे गुप्त रूप से पेरिस ले गये। वहाँ उन्होंने उस वक्तव्य की हज़ारों प्रतियाँ छपवाई और जर्मनी, इटली अमेरिका जैसे देशों के महत्त्वपूर्ण समाचार-पत्रों को वे प्रतियाँ भेज दीं। यही बयान बाद में 10 जुलाई 1909 को मदनलाल ढींगरा ने अदालत में पढ़ा था। यह बयान पिछले परिच्छेद 'ढींगरा का कोर्ट में बयान' में है।

बलिदान का क्षण

17 अगस्त, 1909, ढींगरा के मृत्युदंड का निर्धारित दिन था। लंदन के पेंटोन विले जेल में उन्हें फांसी दी जानी थी।

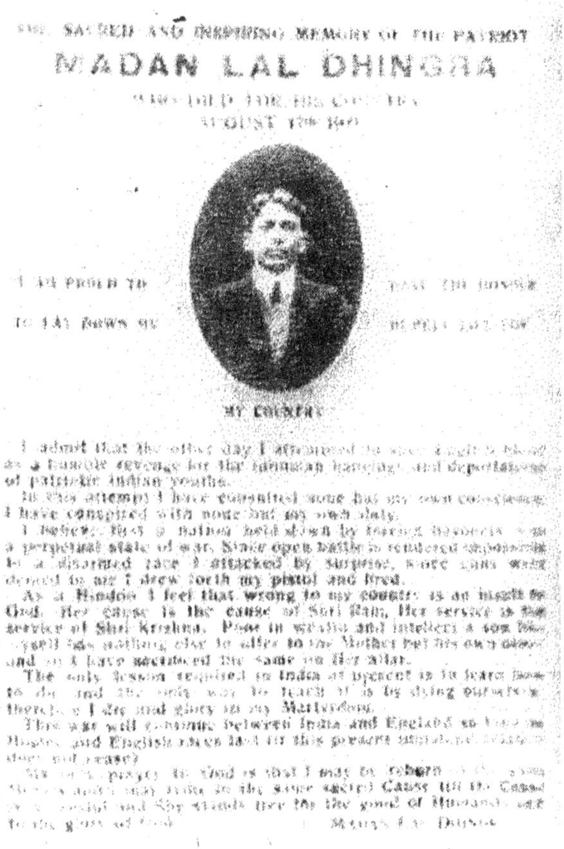
MADAN LAL DHINGRA

मदनलाल ढींगरा का बयान जो 16 अगस्त 1909 की रात्री में लन्दन की सड़को पर राहगीरों में वितरित किया गया।

सावरकर और उनके अन्य साथी, मदनलाल को फांसी देने के शोक में विह्वल हो रहे थे। उन्होंने इस फांसी दिये जाने के शोक पूर्ण अवसर पर एक पर्चा छपवाया....और 16 अगस्त की आधी रात से ही वह लोग इस ऐतिहासिक पर्चे को लेकर लंदन की सड़कों पर आ गये.... और हर आने-जाने वाले व्यक्ति के साथ-साथ दौड़ते हुये, विषाद और शोक युक्त ह्रदय से वह यह पर्चा थमाते और प्रार्थना करते.... "इसे ध्यान से पढ़िये भाई साहब ऐसी हमारी प्रार्थना है।" उस परचे में कहा गया था "आज 1909 की 17 अगस्त है। आज का दिन प्रत्येक राष्ट्रभक्त के ह्रदय पर रक्त अंकित किया जाना चाहिए। आज़ हमारे मित्र और महान देशभक्त ढींगरा को पेंटोन विले कारागार में फांसी के तख्ते पर लटका दिया जायेगा। उनकी प्रेरणा शक्ति हमारा पथ-प्रदर्शन करेगी। उनका पवित्र नाम इतिहास के पृष्ठों की शोभा बढ़ायेगा। वे (अंग्रेज़) हमारे स्वतंत्रता संग्राम को कुचल नहीं सकते—यह बात उन्हें कभी नहीं भूलनी चाहिए।"

17 अगस्त, 1909 को मदनलाल को फांसी के तख्ते पर लाया गया। मदनलाल ने, अंतिम इच्छा प्रकट की "उनके शरीर को हिन्दू रीति से दाह संस्कार के लिए सावरकर जी को सौंप दिया जाये"।

फांसी के तख्ते पर मदनलाल ढ़िंगरा के हाथ में भगवद् गीता की पुस्तक थी। इंजीनियरिंग की पढ़ाई करने गया मदनलाल ढींगरा भारत की आज़ादी के लिए लंदन की पेंटोन विले जेल में फांसी के तख्ते पर 'वन्दे मातरम' कहते हुए झूल गया।

भारतीय-विद्यार्थी जेल के बाहर खड़े थे परंतु किसी को भी जेल के अन्दर जाने की अनुमति नहीं दी गई। मदनलाल ढींगरा का शव बिना सावरकर को दिये हुए पेंटोल विले के एक अनजान शमशान गृह में चुपचाप गाड़ दिया गया।

स्वतंत्र भारत की सरकार के आग्रह पर, ब्रिटिश सरकार ने लंदन स्थित भारतीय उच्चायुक्त की उपस्थिति में शहीद मदनलाल ढींगरा के अवशेष सन् 1976 में कब्र से निकाले तथा 13 दिसम्बर, 1976 को पालम हवाई अड्डे पर अवशेषों का पात्र पहुँचा, बाद में यह अवशेष मदनलाल की जन्मभूमि अमृतसर पहुँचा जहाँ लोगों ने 67 वर्ष बाद देश के इस महान सपूत को अश्रुपूर्ण श्रद्धाजंलि अर्पित की।

17

'फांसी' के बाद की प्रतिक्रियाएं

आयरिश समाचार-पत्रों ने मदनलाल ढींगरा को बहादुर व्यक्ति की संज्ञा दी।

काहिरा से प्रकाशित होने वाले पत्र 'लल्ल पेट्री इजिप्शयन' ने मदनलाल को अमर शहीद कहकर सम्मानित किया तथा भविष्यवाणी की कि 40 वर्ष के भीतर ब्रिटिश साम्राज्य का भारत में अन्त हो जायेगा।

सावरकर के मित्र वीरेन्द्रनाथ चट्टोपाध्याय ने मदनलाल ढींगरा की स्मृति में 'मदन तलवार' नामक मासिक पत्रिका का प्रकाशन बर्लिन से किया। जिसकी प्रकाशन व्यवस्था सुप्रसिद्ध भारतीय पारसी क्रान्तिकारी महिला मैडम भीकाजी कामा करती थीं। यह भारतीय क्रान्तिकारियों की प्रतिनिधी मासिक पत्रिका बन गई थी।

अंग्रेज़ लेखक डब्ल्यू, डब्ल्यू ब्लण्ट ने 1919 में प्रकाशित अपनी पुस्तक में मदनलाल ढींगरा की प्रशंसा इन शब्दों में की "ढींगरा ने जिस बहादुरी के साथ एक न्यायाधीश के सामने अपना ओजस्वी बयान दिया वैसा किसी भी ईसाई शहीद ने नहीं दिया होगा।"

संयुक्त राज्य अमेरिका में गदर पाटी के संस्थापक सदस्य लाला हरदयाल के शब्दों में "ढींगरा ने भृत्यु का उसी तरह वरण किया जैसा कि पुराने राजपूत वीर और सिक्ख किया करते थे। इग्लैंड सोचता है कि उसने ढींगरा को मार दिया है लेकिन सच यह है कि वह हमेशा अमर रहेगा। उसने भारत में अंग्रेज़ों की प्रभुसत्ता को करारा तमाचा दिया है ....।"

बर्लिन के सुप्रसिद्ध समाजवादी नेता आगुस्ट बेवेल के पत्र 'फोर वाईस' (अग्रगामी) और पेरिस के सुप्रसिद्ध पत्र 'ल्युमानिते' (मानवता) ने भी मदनलाल ढींगरा पर प्रशंसात्मक लेख छापे।

लेखक परिचय

नाम	:	पं. सत्यनारायण शर्मा (एस.एन. शर्मा)
पिता	:	स्व. श्री रामेश्वर दत्त शर्मा (श्री आर.डी. शर्मा)
माता	:	श्रीमति रजनी शर्मा
जन्मतिथि	:	2 जनवरी 1947
जन्म स्थान	:	गांव 'पपनावा' (सारसा) जिला 'कुरुक्षेत्र' (हरियाणा)
शिक्षा	:	एम.ए. (आगरा व मेरठ विश्वविद्यालय) ए.आई.सी.टी.ई. (डिप्लोमा) दिल्ली
व्यवसाय	:	32 वर्ष दिल्ली में, लैक्चरर पद पर अध्यापन (अब सेवा निवृत)
लेखन कार्य	:	पिछले चालीस वर्षों से विभिन्न पत्र-पत्रिकाओं में 'शहीदों को श्रद्धांजलि' लेख प्रकाशित 'राष्ट्र संगठन' पाक्षिक का लगभग 10 वर्ष सम्पादन
प्रकाशित पुस्तकें	:	1. खुदी राम बोस एक अद्‌भुत प्रेरक व्यक्तिव 2. चन्द्र शेखर आंजाद और उनके दो गद्‌दार साथी 3. मीरा पद एवं व्याख्या। 4. ब्रिटेन में भारतीय क्रांतिकारी मदनलाल ढींगरा एवं शहीद ऊधम सिंह 5. बन्दी जीवन (सम्पादक)

सम्पर्क सूत्र : II C—187 नेहरू नगर
गाजियाबाद (उ. प्र.)
फोन : 0120-2792742
मोबाईल : 09811057257

www.ingramcontent.com/pod-product-compliance
Lightning Source LLC
LaVergne TN
LVHW040826051026
849519LV00007BA/2763
* 9 7 8 9 3 6 8 7 4 9 8 1 3 *